有趣 有品 有种

Qu Pin Zhong

潘阳 作品

北京理工大学出版社
BEIJING INSTITUTE OF TECHNOLOGY PRESS

图书在版编目（CIP）数据

有趣 有品 有种／潘阳著. —北京：北京理工大学出版社, 2019.8
ISBN 978-7-5682-6855-4

Ⅰ. ①有… Ⅱ. ①潘… Ⅲ. ①随笔—作品集—中国—当代
Ⅳ. ①I267.1

中国版本图书馆CIP数据核字（2019）第051548号

出版发行／北京理工大学出版社有限责任公司
社 址／北京市海淀区中关村南大街 5 号
邮 编／100081
电 话／（010）68914775（总编室）
（010）82562903（教材售后服务热线）
（010）68948351（其他图书服务热线）
网 址／http: //www.bitpress.com.cn
经 销／全国各地新华书店
印 刷／三河市宏图印务有限公司
开 本／889毫米×1194 毫米 1/32
印 张／9
字 数／160千字
版 次／2019 年 8 月第 1 版 2019 年 8 月第 1 次印刷
定 价／58.00元

责任编辑／李慧智
文案编辑／李慧智
责任校对／周瑞红
责任印制／施胜娟

句话的打动。老潘说我闷不吭声儿地出了这本书，其实不对，真相是，这本书已经酝酿了将近三年。近三年的时间里，我写写停停，修修改改，最后决定分成这样三个部分来表达。

愿你有趣。我自己主张活得有趣，也愿你活得有趣，因为有趣这件事，真的很重要。一个人如果无趣，在我心里是完全没有魅力、没有吸引力的。时间轮回，岁月堆叠，人来人往，生生灭灭，让日子与日子之间、人与人之间变得不一样的，就是有趣。有趣的事让无味的时光变得妙趣横生，有趣的人让庸碌的人群变得生动，有趣的生活方式让漫长的人生变得精彩纷呈。

愿你有品。品位很重要。一个人的品位，决定了他生活的质量。有品位的人，会让贫困的生活依然弥漫花香，没有品位的人，可能使富足的生活腐烂变质。说到底，品位与物质没有绝对关系，但与精神世界一脉相连。那是一种对生活的诚挚热爱，对美的执着追求，是一种不肯敷衍和辜负生活的执拗。品位可以复杂到生活中大大小小的仪式，也可以简单到只是一杯咖啡、一朵鲜花、一个微笑。总之，它们顺从你的真心，让你欢喜。

愿你有种。有种，听起来好像拽拽的，其实是真的拽，哈哈。我这人平时不算高调，但自己的事儿，绝对能拽则拽。换句话说，能自己做主的事儿，我决不让出决定权，该表态的时候，我不会含糊其词。我身上有股子东北人的爽利劲儿，这跟高调是两回事。说白了，拽是我对生活的态度——勇于表达，敢于担当。勇于表达，是有自己的思想，看待问题有自己独到的见解，不人云亦云；敢于担当，是敢挑战自我，遇事儿不逃避。比如我出书这事儿，纯粹是因为我心中有言，不吐不快。至于结果好与坏，管他呢，在有种的人心里，做自己最重要！

不知道这第一本书是不是我的最后一本书，我可是当成最后一本来全力以赴的，这是我对待事情的习惯。当然，我也希望看到这本书的你们和我一样，阳光而诚挚地对待生活，努力去拥有一个更美好的人生。愿你一路走来，有趣，有品，有种！

只要心不肯停歇

脚就会带你到更远的地方

目录
contents

01 有趣
Part one

生活不会干巴巴，尽自己最大的热情对生活倾情投入，不敷衍，不将就，不辜负生命与好时光。永远热血沸腾，永远怦然心动。

02 有品

Part two

有时你需要对自己的人生较真儿，如若不然，最先放弃你的便是生活。不妥协，不放弃，坚持自己想要的完美，对世界报以最大的真诚。

目录
contents

03 有种
Part three

世间的勇者，都是一边含着泪擦汗一边带着笑奔跑的人。不要惊慌失措，不要呼天抢地，总有一天，你会站在自己想到达的地方。

Part one

有趣

生活不会干巴巴，尽自己最大的热情对生活倾情投入，不敷衍，不将就，不辜负生命与好时光。永远热血沸腾，永远怦然心动。

我想做一轮暖阳，
照亮自己，温暖别人

心有暖阳，才能一路花香

老潘给我取名字的时候，纯粹是因为懒得动脑筋，拿他和我妈的姓很随便地凑成了一个名字。最后可能他也为自己的敷衍感到不好意思了，就把“杨”字改成了“阳”字。好了，大功告成。为了体现他的睿智，他无数次强调我这名字有多好：好听，好记，好写，寓意也好。总之，完美无缺，分分钟秒杀那些煞费苦心想出来的“故作高深”“拗口难写”的名字。

我小时候异常天真，每次听到他这样说，就特别满足，特别自豪，发自内心庆幸自己拥有一个宇宙第一好的名字。

长大后，知道了真相，有好长一段时间，我都在抱怨老潘和我妈的不负责任，名字事关一个人的形象，甚至会极大地影响一个人的内在，他们怎么能够不征求我的同意就随随便便给我取了个这么随随便便的名字呢！

随着年龄的增长，我却越来越喜欢这个名字，并自作主张地赋予“阳”字新的寓意——暖阳。

是的，我想做一轮暖阳，照亮自己，温暖别人。

生命是寂寞的，如同在荒野中行走；生命是苍凉的，如同在冰雪中前行；生命是艰辛的，在痛苦中轮回挣扎。没有人能逃脱这种宿命。我自己也是这芸芸众生中的一员，同样感受着寂寞、苍凉和艰辛。也不知哪里来的胆子，竟不知天高地厚地做起了狂妄的梦，想要为寂寞、苍凉而又艰辛的生命，播撒千万道阳光，照亮自己的路，温暖别人的心。我想让生命在旅程中，一路花香，芬芳扑鼻。

记得上学的时候，老师给我们讲过这样一个故事：有一天，苏东坡与损友佛印和尚相约见面，由于闲得慌，苏东坡对佛印说：“以大师慧眼看来，吾乃何物？”佛印说：“贫僧眼中，施主乃我佛如来金身。”苏东坡听朋友说自己是佛，嘚瑟得不得了。再看佛印这个胖子，就忍不住想打趣他一下，笑着说：“然以吾观之，大师乃牛屎一堆。”佛印听苏东坡说自己是“牛屎一堆”，也不生气，只是淡淡地回一句：“佛由心生，心中有佛，所见万物皆是佛；心中是牛屎，所见皆化为牛屎。”噎得一向巧舌如簧的苏东坡竟无言以对。

我一直记得这个故事，是因为这个故事说出了一个让我觉得很值得思索回味的道理：心里有什么，才能看见什么。心中有佛，万物皆佛；心中有爱，万物可爱；心有暖阳，能暖万物。

但是，想成为一轮暖阳，真不是嘴上说说就能做成的事。首先你得自己内心温暖吧，一个连自己都照亮不了的人，拿什么去照亮别人，用什么去温暖别人？

内心温暖的人，一定有一颗柔软善良的心，对待住在他心中的人，会温和柔软；对待旁人，也会温和友善。他们摆不出冷漠脸，说不出拒人千里的话，在能帮助别人的时候，也不吝惜。他们因为心地善良，体贴周到，凡事愿意为别人着想，更不喜欢为难他人，于是，在举手投足、一言一行间，不自觉地就流露出内心的善意和涵养，让人感觉如沐春风。和这样的人相处，会少很多莫名其妙的纠缠、误会、冲突、矛盾，只感到轻松而舒适。

内心温暖的人，一定拥有丰沛的爱。得到过爱的人，才有爱自己和爱他人的能力，感受过温暖的人，才懂得用温暖去温暖自己和别人。他们懂得用让别人感到舒服的方式主动去关怀别人。对他们来说，爱是慷慨的赠与，而不是斤斤计较的交换，更不是居高临下的施舍。他们不会对拥有的爱患得患失，无所适从，也不会像孩子一样总担心突然一瞬间全世界都不再爱自己。内心的坦然和坚定，让周围的人觉得踏实无比。

内心温暖的人，生命的质地厚重而浓烈，看待问题不粗浅，待人接物不粗暴，处理事情不粗陋，人生三观不粗俗。他们很容易感受到幸福，也愿意将幸福传递给别人。他们不用有色眼镜看人，懂得众生皆平等，懂得敬畏生命，保持初心，禁得起岁月沧桑的慢慢煎熬，蜕变成生命独有的美丽。

我愿做一个温暖的人，做光阴魔术师，将岁月里的凝重、苦涩，幻化成爱心与温暖，轻轻浅浅地播撒进他人心中。

我是潘阳，愿做你心中那轮暖阳，在不经意间，洒下一道道柔光。

用一个笑容就长出一个春天

在人类所有的表情中，我最喜欢的是笑容（说得好像谁不是这样似的）。

是的，笑是一个太容易让人怦然心动的表情。有时候，一个微笑，会让你周围的气氛温暖如春，让整个世界鲜花怒放。

然而，我并不是天生的乐天派，笑容在我脸上，甚至一度稀缺。

我是独生女。像绝大部分独生子女一样，我的童年因为缺少玩伴而略显孤单。加上天生性格内向，不善于跟同学打成一片，整个少女时期的我，几乎都是独来独往，沉默寡言。因为我的沉默，即便我有个"名人"爸爸，老师和同学们也没对我有多么深刻的印象。

与沉默形影不离的，就是我不太显露笑容的脸，虽不至愁眉苦脸、苦大仇深的程度，但的确也不太讨喜。

你笑起来的样子像
是十八岁哦

我活得很不幸福吗？怎么可能！我的人生有幸福的几个标配条件：和睦的家庭，不错的家境，慈爱的父母，平顺的人生。这样再说自己不幸福，就是矫情了。可幸福和快乐真的是两码事。幸福的人未必快乐，快乐的人并非都是幸福的。

当然，这么深奥的道理，在我还是个黄毛丫头的时候自然是不可能领悟的。直到后来在国外上学，我才渐渐明白，笑容有多重要，而我看起来的不快乐，也许跟笑容稀缺密不可分。

那时候，一个人在国外十分孤单，我突然就厌倦了那种孤单，不愿意独自一人上学放学，不愿意所有的课余时间都一个人窝在屋子里，仿佛自己是一只掉队的大雁。为了结交到新的朋友，我强迫自己加入同在国外上学的华人圈子，混迹于他们中间，开不着边际的玩笑，笑得没心没肺。

后来，因为学唱歌而回国了，跟老闺蜜们见面，她们说：“哎潘阳，你变化好大！”我臭美地贫嘴：“对吧对吧，是不是变得更年轻漂亮了？”闺蜜们不客气地翻个大白眼，摇摇头又点点头。终于有人一语中的：“你现在好爱笑，看起来比以前快乐多了！”其他人头如捣蒜，争相附和，闺蜜圈出现了难得一见的意见统一。

原来，群众的眼睛一直是雪亮的。的确，我变得爱笑了，也更快乐了。

那，笑和快乐，到底谁是“鸡”谁是“蛋”呢?

我曾经读过一本心理学著作，忘了当时为什么要去读。总之，走马观花，不求甚解，看完后唯一记得的，就是里面关于笑和快乐之间的关系。书上说，人不是因为快乐才笑，而是因为笑才快乐。当时我噘了噘嘴，满不服气地嘀咕：作者完全是在胡扯嘛！谁一言不合就笑，当然是高兴了才笑啊！心里不痛快的时候，咧嘴不就是个心情不好的傻子吗?

有一次，我丢了钱包，心情不好，一张脸拉得足有两米长。照镜子的时候，把自己都吓了一跳——生气真是太有损美貌了！事关美貌大事，说时迟那时快，我突然莫名想起了那个被我嗤之以鼻的理论，我居然很没节操地试着挤出了一个笑容，接着又更没节操地咧开嘴笑了笑。再笑，再笑！可怕的事情发生了！我发现我的心情居然变好了一些，甚至开始安慰自己：钱财就是粪土，为了一把粪土跟自己过不去，这不是“赔了夫人又折兵”嘛，得赶紧止损呀！然后，我就真的没心没肺地玩儿去了。事实证明，主观意识坚决一点，是可以改变某些事情的。

我很高兴，仿佛得到了江湖中失传已久的“葵花宝典”，每逢心情不好就拿笑来挽救自己，最后发展到，每天起来对着镜子笑一笑，心情就莫名地好了起来。

偶尔，我也会觉得自己用这一招用得太丧心病狂。可是，每次看到因为我的带动，周围的气场都变得欢乐，我内心那股“我不下地狱，谁下地狱”的莫名的使命感就横空出世。因为带给别人快乐而感到快乐，绝对是一种会上瘾的体验，并且会让你不想戒掉。

况且，闺蜜难得地说了大实话：“你笑起来的样子像是十八岁。”我摸了摸我十八岁的 Q 弹的苹果肌，觉得闺蜜异常可爱，尤其是微笑着夸我的样子。

有人说，爱笑的人不容易衰老。我想，这并不是说时光会对爱笑的人手下留情，青睐有加，而是，当一个人笑的时候，他眼角的皱纹，他脸颊的下垂，他嘴角的沧桑，他不够白亮的皮肤，甚至他佝偻的身体，都会被笑容所掩盖，大家看到的，只有他的神采飞扬，精神焕发。

而且，人一笑，就容易把烦恼看淡，将得失看轻，对那些曾经心心念念想要得到的身外之物放手。人变得淡然，潇洒，心态自然也跟着年轻起来。

所以说，面部表情决定了人的情绪和心态，并不是胡扯。性格可以改变，也并不是夸大其词。

大雨没有停止的时候，你不相信彩虹会出现；冰雪未曾消融的时候，你不相信温暖会靠近；花朵尚未开放的时候，你不相信春天会来临。有些事情你不相信，仅仅是因为你还没有遇到。

而假如，你肯去试一试，对自己笑一笑，对他人笑一笑，对世界笑一笑，你也许会发现，世界比你想象的要大气一百倍一千倍，你舍得给世界一个笑容，世界就舍得给你一个春天。

愿你早一点遇到那个爱笑的自己。

愿你的世界始终温暖如春。

愿你的生命花开不败。

你对世界简单，世界就对你简单

世人都爱说“人世复杂”“人心叵测”，还有人说，生活是个大染缸，任你曾经多么纯洁无瑕，都能给你染黑染灰，至少也会染个五颜六色，色调复杂。渐渐地，越来越多的人对“单纯”这个词嗤之一笑，认为这只是人类在生命最初的点缀，而非相随终生的品行。成年人身上的“单纯”，不是做作，就是虚假，反正没人会信。

但，我总固执地认为，世界也许并没有那么复杂，假如你肯对它简单。

2017年，网络上突然出现一个很流行的词儿——中年少女。我一下子想到我妈。在我心中，她是永远的少女。

我妈是家中的小女儿，家中总排行老七，人送外号“七仙女儿”，从小长得人见人爱，是家人的掌上明珠。虽然姥爷家是

那颗单纯的心，让我看不到这世界的复杂

农村的，也算不上富裕，但全家人尽力呵护我妈，既不让她干农活，也不让她受委屈。我妈每天只要负责高高兴兴地上学去，平平安安地回家来。

在学校，我妈是典型的乖乖女，从不惹祸，又能歌善舞，很讨老师的喜欢。一般来说，这样的女孩子也容易遭到女同学的妒忌和排挤。可我妈人傻傻的，不炫耀不高调也不做作，对谁都掏心窝子，女同学们倒是都愿意跟她玩儿。

在不算富裕的年代，她得到了特别富足的爱，世界在她眼里，是简单的幸福。

后来，我妈因为文艺特长被招进了歌舞团，再后来又认识了老潘。听姥姥说，以前追我妈的人不少。“最后为什么是我爸呢？”我问我妈。她脸上露出一个少女般羞涩的笑，说：“就觉得你爸会对我好。他人实诚，工作踏实，也不会啥花言巧语，就会一个劲儿地对我好。”

可是，姥爷姥姥开始并不看好老潘。那时候，还是二十世纪七十年代，大家的观念都还挺保守的，觉得老潘是干演艺这行的，不靠谱，收入不稳定，接触漂亮女人的机会还特别多，容易“变质”（此处省略老潘的一万字喊冤）。可我妈是个实心眼姑娘，看起来文文弱弱的，心里却挺有主意，认定了的事，谁也改变不了。姥爷姥姥只好放弃当“坏人”。

事实证明，我妈眼光不错，老潘虽然事业越来越火，却并没有像姥姥姥爷担心的那样“变质”。相反，他几十年如一日对待我妈，有宠爱，也有尊重。

如果一个男人只宠爱一个女人，却不尊重她，那么，这个女人会像金丝雀一样，即使养尊处优，也没有尊严感。而一个男人如果只尊重一个女人，却缺乏宠爱，会容易让这个女人变得独立刚强，失去女人的一份温和柔软。唯有宠爱和尊重并行，才能既许她现世安稳，又予她美好浪漫。我妈，少女小杨，就这样得以在安稳的日子和单纯的心境下，成功保持了一颗少女心。

少女小杨一辈子都在犯迷糊。路痴只是最低配置，毕竟大部分女人都是路痴。关键就在于，她出门遛个弯也可能迷路。她无辜又不无嘚瑟地说，这个毛病是被老潘带出来的。她跟老潘出门，从来不需要记路，反正老潘会记的啊！导致她跟我出门也是甩手掌柜做到底的。

有一次，她突然说打算带我去韩国旅行，我心里那个兴奋啊。盼啊盼，就等着她一声令下，然后带上我漂亮的衣服和美丽的心情上路了。结果，左等右等没下文。我问她：啥时候去？飞机票订的哪一天？酒店订的什么房型？在韩国待几天？要去哪些地方？具体行程是什么？少女小杨一脸茫然地看着我：

“啊？”以我对她的了解，我立马秒懂了——她不仅没做准备工作，连想也没想过！最后，是我做好攻略，提前安排好一切，带着萌萌的少女小杨去了韩国。全程，她竟真的不操半分心，我买好票她就上车，我点好菜她就吃饭，我举起相机她就摆 pose……整个行程，她负责貌美如花，我负责买单刷卡……

少女小杨的眼里永远只有“好人”和“坏蛋”之分。有时候，我跟她八卦，说起自己遇见的奇葩的人和事，她听后，总是睁大眼睛一副不可思议的样子：“啥，竟然还有这种事！”“天底下怎么会有这么坏的人！”但是，尽管她的三观一次又一次被我刷新，很快，她又回到原点，觉得世界上的人只分两类——脸上写着“坏蛋”的坏蛋，脸上写着“好人”的好人。

我不知道世界上到底是好人多还是坏人多，也不知道是否存在24K 纯好人或烂到骨子里的坏人，但我知道，在少女小杨的眼里，一定还是好人多。

有人说，“心中有佛，万物皆佛”。一个愿意用单纯的眼光看待他人和世界的人，不论是心境还是思想，一定是单纯的。而只有心境和思想单纯的人，才有可能让自己的生活保持单纯。少女小杨就是这样一个人。

而所谓的“少女”，并不是年龄上的豆蔻年华，也不是见识上的少不经事，而是无论在人世经历多少岁月，遇到多少人和事，都能够用单纯的眼光来看待，用一颗赤子之心对待生活，永远充满天真，心上不放重负，淡然处之。

世界真的很简单吗？不知道。反正，少女小杨告诉我，你对世界简单，世界就对你简单。

人生的美好，正在于那些小情趣

我曾经去过一个不算朋友的熟人家里，那是我见过的看起来最具有“艺术氛围”和“生活情趣”的屋子。眼睛在屋子里转一圈，目光所及之处，不是字画，就是工艺品，此外，还有咖啡机、单反相机、全套西式餐具等。可惜，就算是我这种外行人也能一眼看出，字画连赝品也称不上，直接是打印品裱了个画框；工艺品粗糙得不忍细看；咖啡机和餐具上已经落了厚厚一层灰，相机看起来也好不到哪去。看来，它们的最大、也许是唯一的功能就是摆设。我并不是说，艺术品一定得是真品，普通人就不能玩文艺，而是，这样多的“文艺”元素堆积在一起，又是这样的粗糙，很难让人不想笑。用力过猛的生活情趣，也是会让人尴尬的。

这次的见闻让我第一次认真去思考：生活情趣到底是什么？

STAPLES

'Plain white bread'

Bread made by baking leavened dough in a loaf tin.
Often thinly sliced and used for sandwiches or toast.

我想煮咖啡了，就去煮了，我想慢
悠悠地度过这一天，就这么过了

在我看来，一个真正懂得生活情趣的人，其实是不用刻意标榜的。我们习惯在“情趣”面前加上一个“小”字，不就是因为那些都是生活中最细微、最不经意的片段吗？

比如，交际活动不是非出入餐厅和咖啡厅不可，旅游也不一定要去名山名岛名城，有空的时候，与朋友相约随处走走，随意聊聊，哪怕站在人来人往的街边扯犊子聊八卦，手拿一瓶矿泉水，或吃着麻辣烫，也是一种情趣啊。

小情趣还是什么呢？小情趣是你能够按照自己喜欢的方式去生活。你喜欢发呆，便舍得拿出大把的时间发呆；你喜欢花草，便有闲心静看一朵花开；你喜欢旅行，便有背上背包独自上路的勇气；你喜欢宅在家里睡懒觉，便可关上手机拒绝打扰；你喜欢看书，便有墨香茶韵伴你左右；你喜欢唱歌，不妨高歌一曲独自欢乐。

你懂得用悠闲的姿态慢慢欣赏一花一草；静得下心来感受脚踩在土地上那柔软的触感；听得见从落叶上走过时那沙沙的、有趣的声响；你记得刚晒过的被子上那太阳的香味，知道用怎样的微笑去迎接一个陌生人，用怎样柔软的声音来对待你周围的人。

小情趣是复杂之外的简单，是喧嚣之外的宁静，是尘埃之上的云朵，是内心深处永不向庸碌粗糙低头的精神。你轻轻闭上眼睛，就能闻到满世界的花香。

说到底，小情趣之所以让人痴迷，广受追捧，还在于，它是每个人触手可及的东西。它既不遥远也不复杂，既不趋富也不弃贫。而人生的美好，未必关乎大阵仗的仪式、费尽心思的布局、信誓旦旦的宣言，而是在于那些不经意的小情趣。

我是一个还算会生活的人，我会在生活中，给自己营造一些小情趣，比如，认真地煮一碗意大利面，投入地画一幅素描，静静地欣赏一片叶子。做这些的时候，我不需要观众，不需要别人的肯定，甚至没想过要让别人知道。因为，小情趣是我自己的生活所需，而不是我“晒生活”的必须。

就拿煮咖啡来说。有时候，我会在起床后，不急着吃早餐，也不梳妆打扮，而是花很长一段时间来慢慢煮一杯咖啡，一边放着喜欢的音乐，或听或哼，很随意。咖啡煮好后，就坐在窗户边，一边喝咖啡一边看外面的风景。其实，也不一定是真的对咖啡的味道痴迷，而是沉迷于煮咖啡的过程——认真地、从容地做一件并不功利的事，沉浸在其中，抛弃了心中的杂念，也没有了焦虑，真的是一种很美好的感受。做这些的时候，我完全没有想过要给谁看，甚至给谁喝，我纯粹是为了自己在做。我甚至不需要下决心，做准备，早上睁开眼睛，我想煮咖啡了，就去煮了，播放我喜欢的音乐歌单做背景，边喝咖啡，边画画，不知不觉慢悠悠地度过这一天。我想，这就是最纯粹的小情趣。

还有一次，我心血来潮出去看电影。散场后，走出影院时，突然心中闪过一个念头：好清爽的风，好想在风里穿行！然后，我用手机捣鼓一阵，骑上了路边停放的摩拜单车，慢慢悠悠地晃回了家。我有将近十年没有骑自行车了，可少女时那种简单的自由和浪漫，对每一丝风，每一粒尘埃，每一盏路灯，每一个影子的敏感，在我骑上车的一瞬间，冲过时光的隧道，电光火石般回到了我的心中。原来，美好的感受是永远都不会消失的，它们会借由某个微小的举动，轻而易举回到我们的身上和心中。这不也是我们生活中的小情趣吗？

所以说，小情趣这东西，可以很抽象，也可以很具体，可以精心预设，也可以信手拈来，关键不在方式，而在观念和心态。不论如何，给自己的人生保留一些小情趣吧，毕竟，那些不经意的小情趣会让你的人生更美好。

心中有诗，何必要千里迢迢

汪涵在《我们来了》里面说过一句话：“美好的生活，要活得有尊严，要有一点诗意。”董卿在《中国诗词大会》的开篇里也提出过一个问题：今天的我们该如何诗意地生活？在场的点评专家郦波老师拿“行到水穷处，坐看云起时”来回应她。郦波老师这样解释：“诗词所代表的中国人的诗意生活，本来就是自古以来国人的一种存在方式和生活方式。中国人灵魂深处的审美愉悦感主要来自诗词。”董卿后来还提到德国哲学家海德格尔说过的一句话：人，应该诗意地栖居在大地上。然后她说：人生苦短，诗意的生活至少可以让心灵获得自由和快乐。

我不是诗人，也不是哲人，自认为也算不上特别高雅的人，但我愿意诗意地生活着，以凡夫俗子的身份，不刻意标榜自己高雅，却也不要太过流俗。我觉得这是普通人对于诗意最恰当的理解，最妥当的方式。

有一段时间，高晓松老师的一句话成为众人追捧和向往的生活方式——这个世界不只眼前的苟且，还有诗与远方。一时间，几乎所有的人都在高呼这句话，还有不少人激动地将辞职信拍到老板桌上，声称要去远方寻找诗意。当然，有人真的去了，至于有没有找到心中的诗意，就不得而知了。

但我总觉得，诗意和远方并不存在必然联系。诗意不是只有远方才有，也不是异地才浓，只要心中有诗，即使足不出户，也能感受到诗意，营造出一份诗意。况且，去了远方也不意味着一定能找到诗意，如果只是追求形式，远方恐怕最终也只是空间距离上的远方，只是形式，不是心中的远方，“诗意”才是核心。

为了写这篇文章，我特意泡书店翻看了一些诗词作品集。宋代诗人苏轼的词作《定风波·常羡人间琢玉郎》的下阕中写道：“万里归来年愈少，微笑，笑时犹带岭梅香。试问岭南应不好，却道，此心安处是吾乡。”我没什么古文功底，对诗词也没有特殊的爱好，无意中读到这首词时，却不经意被它的最后一句打动了。“此心安处是吾乡”，愣是我这种外行人，也从文字间隐约嗅到了洒脱不羁、随遇而安的味道。而这份洒脱不

羁和随遇而安，不就是诗意最好的体现吗？如果只是将诗意狭隘地定义为琴棋书画、闲云野鹤式的生活，也许，恰恰是对诗意最大的误解。普通人的诗意，更多的体现，是在生活态度上，以及对待世间一切事物的态度上。

由此我想，诗歌的胸怀其实真是十分宽广的，世间可称得上诗人的人，并不多，但诗人又似乎无处不在，因为每一个人心中，都存在着那么一点诗意，也不知道是天生的，骨子里自带的，还是在后来的人生中，老师、父母、朋友，或是自然、社会，悄悄地把诗意放进了人的心里。诗意，从来都用不着苦苦索求，在我们没有发觉的某个时刻，它已经被镌刻在我们的骨子里，渗透在我们的血液里了。

说到这里，我的脑子里突然蹦出好多场景，它们都是我在拍戏时的生活片段。比如，早上起床后去片场开工的路上，看见太阳升起，会忍不住骑上自行车在风里穿行，感受阳光沐浴、清风拂面的温柔。傍晚收工回宾馆，一路赏着朝霞，不想说话，只愿静静地看着，体会来自大自然的奇特美学。路边的一朵花，一棵草，甚至一条狗，也往往成为令我心中一动的风景。

圈内人都知道，剧组生活并不是那么悠闲，大部分时候，剧组的节奏是忙碌的。从生活条件来说，剧组的生活虽然谈不上多么艰苦，可毕竟比不上在家里方便舒适。让我有心情欣赏美景、感受美好的，并不是所谓的远方，而是融在我骨子里的诗意。

诗意，其实从未远离我们凡夫俗子的生活，而就在我们的生命中、灵魂里。心中有诗，何必需要千里迢迢去寻找？心中有诗的人，在哪里都能把生活过成一首诗。

幸运的是，大部分有意义的事都是免费的

朋友聚会，午饭间，大家激烈商讨着餐后的活动。有人提议说，去三里屯那家新开的酒吧，那儿的鸡尾酒味道很棒，最重要的是，调酒师帅炸了。有人反对说，酒吧声色犬马，太过吵闹，不如去做 SPA。她随即向大家推荐一家高级的美容会馆。还是有人摇头，表示不如各自回家，改天约去国外旅行，顺便来次疯狂扫货，将新一季的时尚品一网打尽。大家吵吵闹闹一通，意见还是没能统一。我想了想，说：不如，我们去香山看枫叶？大家愣了一愣，却没有人提出反对意见，这个提议，就这么愉快地全票通过了。

我们这群人，要么是北京土著，要么也在北京生活了许多年，又怎么会没去过香山，没看过香山的枫叶？只是，对最后一次去香山的时间，大家的记忆都已经模糊。不用想，一定隔了一大把的岁月。

我们长大后，忙于奔赴不同的远方，忙于挤进光怪陆离的世界，忙于接收海量信息，忙于挣钱，消费，再挣钱，再消费，生怕错过了世界的精彩，唯恐辜负了生活，薄待了自己。我们总觉得，我们要住更好的房子，吃更精美的食物，穿更华丽的衣服，去更昂贵的地方看风景。我们在不知不觉中，将享受与消费混为一谈，把成功同收入画上了等号，甚至拿货币量来标榜事物的价值、人生的价值。

可是，连小学生都知道这样一个道理：不是所有东西都能用金钱来衡量其价值和意义，免费的事物也并不代表毫无意义。世界上总有没办法用金钱衡量的东西，但并不意味着它没有存在的价值。相反，昂贵的东西也不见得都有意义。

那次香山之行，我们一帮朋友在蓝天下、香山的秋色中穿行，除了必须购买的门票，没有其他任何的消费，有的人甚至还走坏了高跟鞋，弄脏了衣服。从山上下来的时候，大家虽然又累又渴，还有一些狼狈，但却兴致高昂，脸上带着满足的神色。为什么？因为我们刚享受了一顿大自然馈赠的美食。美景当前，大家都成了饕餮，贪婪地沉溺其中。

这次经历很珍贵，又很普通。珍贵是因为它给了我及朋友们很美好的感受，让我们放空心灵、忘记物质化的世界，单纯地面对大自然。那份快乐，让普通的日子不再普通。去附近的

落日就在天边，朝阳长在心底

山上看看风景，这是我们生活中再简单不过的事，不管有钱没钱，不论男女老少，都可以轻易做到。这份普通和易于实现，让我感到欣慰。推及类似的事，尤其感到幸运。心中不禁感慨，原来大部分有意义的事，其实都是免费的。

我们想看落日，落日就出现在清晨的天边，无须购买；看朝阳，还有附送振奋人心的晨曦，让人热血沸腾，生活的疲惫和沮丧一扫而光。

我们想尝美食，家家都有厨房，即使厨艺不精，只要用心，做出一顿合格的美味并不比学开车难，何必非要去米其林餐厅？带着仙气的女子，沾上了烟火气息，才是更有韵味的女人。

我们想表达对孩子的爱，不需要通过昂贵的礼物，也不是非带他去多么了不起的地方看风景不可。只要有心，朝朝暮暮不动声色的陪伴，一言一行的熏陶，一蔬一饭的关注，一步一步的成长，都比任何物质化的礼物来得珍贵和重要。同时，我们也以此教会孩子，什么是生活的真谛，什么是生命本身的意义。

………

免费又有意义的事，实在太多了。每个人都是上帝的宠儿，都能够无条件享受生命本身的快乐。而如何返璞归真，从一些微小的事情中体会到生命的价值和意义，才是人生快乐的本真。

当你不再好奇，世界的精彩将与你无关

我朋友自己开公司，最近炒掉了一个老员工小李，理由是，小李几年来做的方案都是一个套路，毫无新意。这在广告行业，是一个致命缺点。说实话，这在整个二十一世纪，都是致命缺点。

世界跑得多快啊，人类也只能拼命地跑。那些跑不动的，不愿跑的，不肯拼尽全力跑的，都被落下了，被人们抛弃，被世界抛弃。

张泉灵在一次演讲中提到：我们这一代人活得特别不容易。因为这个时代的变化太快了，但我们内心的价值观有可能停留在上一个时代，甚至在上上一个时代。

她并不是耸人听闻。作为“八〇后”，其实我们的小半生，就是一部人类飞跃史。每个国家、每个领域甚至每个人，都恨不得早不歇晚不睡，长一千条腿往前奔。停下来歇一歇？开玩笑吧！你打个盹的功夫，“爱疯”就又推出了新一代产品。

虽然我个人不太赞同人们为了工作不眠不休，把所有的生活情趣都省略，我甚至主张要放慢生活节奏，但是，有一点我一直坚持：要始终保持旺盛的好奇心。哪怕生活节奏慢一点，眼睛不能闭上，心门不能关上，思维一定要跟得上世界的步伐。否则，就等着被世界抛弃吧，不是明天，就必然是后天。

朋友公司的员工小李，就是因为对什么事都不再好奇，才会在做方案上千年不变。

公司派他出去学习，他说，有什么好学的，不都是那些套路，我不去，派别人去吧！

老板让他看看书，他说，又不是学生，谁还整天捧着本书啊，那是书呆子干的事！

上司组织头脑风暴，他说，就知道整天整这些没用的玩意儿，有那功夫一个方案已经做出来了。

同事讨论什么话题，他从不参与，觉得他们无聊透了，然后他自己戴上耳机听循环播放了几年的歌。

……

于是，同事跟上司抱怨小李做出的方案每次都让客户摇头，然后再打回来让别人重做；上司向老板诉苦说小李没一点长进却三天两头要求涨工资。老板终于忍无可忍，给了他一笔赔偿金，让他赶紧收拾东西走人。

对公司来说，养一个不能给公司带来利益的员工，就相当于提高公司运作成本，而且这是个无底洞。

没有好奇心，失去创新能力，在高速运转的时代，绝对是慢性自杀。

正如顶级景观大师罗伯特·布雷·马克斯说过的一句话："如果哪天我不再好奇，我肯定会死的！"

罗伯特被誉为"二十世纪最有天赋的景观设计师之一"，依靠的正是他旺盛的好奇心。如果你没听说这个人，那我告诉你，里约奥运会开幕式上，那个惊艳世人的科帕卡巴纳海滩，便是他的手笔。

罗伯特不但是世界一流的景观设计师，还是一个不折不扣的跨界人士，植物学家、画家、雕塑家、音乐家……每个身份他都不是玩玩而已，人家就是奔着"专业人士"去的。

而罗伯特之所以能集众多"家"于一身，很大程度上得益于他旺盛的好奇心。据说，罗伯特从小就对音乐和植物有着浓厚的兴趣，少年时期在德国学习艺术，又迷恋上了欧洲的现代艺术。同时，在德国达雷姆植物园中，他又被美丽的巴西植物深深打动，下决心将巴西的植物应用到园林设计中来。对绘画、建筑、雕塑、工艺等领域，他也充满好奇，利用一切机会探索其中的奥秘。于是，在好奇心的带领下，他一步步成就了自己奇迹般的人生。

其实，罗伯特并不是个例。我看过一些名人传记，讲真，世界上那些牛人、大神，个个都是“好奇宝宝”，看什么都双眼放光，生怕自己错过了有趣的事。

好奇心，是让我们寻找并发现这个世界之精彩的原动力。

好奇心，也是一种与生俱来的天性，是我们对这个世界的最纯粹的情感。

小的时候，大家都比较好奇。出了什么口味的泡泡糖，大家都要去尝一尝；明星出了新专辑，一定要第一时间买来听；隔壁班小明穿了一双新球鞋，是大家没听过的牌子，哎呀，赶紧去看看。世界对我们来说，太新奇了，诱惑太多了。

可是，人活久了容易产生一个错觉：自己什么都见过，太阳底下根本没新鲜事。

于是，什么都懒得去了解，视野越来越狭窄，目光越来越短浅，适应了机械式重复的生活，内心也变得呆板无趣。渐渐地，由于失去了激情，一个人就会从“不再好奇”变成“无力好奇”。

这样的人，还谈什么创造力？偏偏，这又是个失去创造力就等于死亡的时代。

有人说："当你对这个世界不再有好奇心时，你不是在长大，而是在慢慢变老。"身体变老并不可怕，可怕的是心灵变老。一个变老的心灵，会失去吸收力，同时也会失掉创造力，失掉竞争力，最终，会失掉未来，失掉整个世界，整个时代。

正如张泉灵说的："时代抛弃你时，连一声再见都不会跟你说。"

无论走多远，也不要忘记
为什么选择这个方向

尘世行万里，初心不可忘

我有一老闺蜜凌子，与我同龄，仍然未婚。

这年头，人们喜欢把这样一个群体称为“大龄剩女”。这个词夹杂着或多或少的歧视，很多女性在这顶帽子的重压之下，难免底气不足。

凌子却与众不同，活得肆意张扬，光芒万丈。

开公司，住别墅，买豪车，冷不丁跑到国外去度假，扫货，这些，都是她生活中的常态。我不是宣扬物质享受，但如果一个人能够凭自己的本事为自己赚来比较好的物质条件，又有什么可指责的？况且，凌子大部分时间都是“拼命三郎”的画风。

有人问过凌子：你为什么还不结婚？被凌子一眼瞪回去：关你什么事！

关于爱情，凌子是个有故事的女同学。

凌子谈过一次很长时间的恋爱，持续了五年之久。两人是大学同学，一直相处融洽，双方家长也很满意。三十岁那年，凌子打算把自己嫁出去。结果，在商谈婚事的时候，对方父母提出要求：凌子婚后要放弃工作，专心在家相夫教子。

“什么？你们以为这是封建社会，你们家是侯门？”脾气急躁的凌子当场跳起来。双方不欢而散。最后，男友选择向父母投降，凌子果断地把他变成了前男友。

事后，我问过凌子：“就那么下得了手？没有一丝舍不得吗？”她声音低下去：“五年的感情，要说没有一丝留恋，当然是假的。可是，有些决定，心再疼，也得做出啊，不然，搭进去的可就是自己的一生。”

身为老闺蜜，我秒懂了凌子的话外音。凌子这是在婚姻与自我之间，选择了自我啊！爱情固然美好，婚姻固然有幸福的一面，可是，假如这些都需要牺牲自我去换取，未免太得不偿失。

况且，凌子是那种特别有理想、有主见的人。在我们还擦着鼻涕吃辣条的年龄，凌子就肯定地知道自己将来想干什么。在同龄人一个个放弃年少的梦想向现实投降的时候，凌子还在咬牙坚持。在别人早已经忘记梦想的时候，她辞去待遇优厚的工作，开起了自己的公司。在别人纷纷结婚生子的时候，她像个孤胆女战士一样，全力以赴活出自己想要的样子。然后，在别人问她问什么不结婚的时候，她理直气壮地怼回去。

结婚没什么不好。我相信这世间的绝大部分女子，并不排斥婚姻。只是有些人没那么好运，能够顺利走进适合自己的婚姻殿堂，比如凌子。但她自己活得了无遗憾，我也看不出来她的生活有什么不好。那么，结不结婚，又有什么关系呢？

终究，我们不能为了走进婚姻，就丢了自己。何时都不要忘记自己的初心啊！

我理解的初心是：一个人最初的梦想，包括对个人价值的期许，对生活的期待，对人生的追求。

站在这个角度一看，凌子活得竟是那么的通透恣意！

在生命的最初，每个女人大概都有对自己的期望，也想实现个人的价值，对未来也会有独特的期许，幻想活成不一样的人，甩全天下的“庸脂俗粉”十万八千里。这时候，无论是长得好不好看，都会散发出一股独特的魅力，让人觉得纯净如水，灵魂生香。

很多变化是从结婚开始的。

有些女人“嫁得好”，嫁了“富二代”“官二代”，物质上变得十分优裕，从此就过上了“豪门贵妇”的生活，以为找到了一张长期饭票，持有高额度信用卡，人生高枕无忧，从此再也不思进取。反正老公家里有三辈子花不完的钱，何必再委屈自己走进职场，加班加点，看脸色，受恶气！结婚前还写得了方案，跑得了现场，装得了软件，杀得了病毒的职场“白骨精”，PPT 做得很漂亮，Excel 玩得麻利儿，即使 CAD 作图也不在话下的人，婚后却辞去工作，要么和一群“少奶奶”家长里短唠嗑，逛大街扯八卦，要么就聚集一群麻友“废寝忘食”地“切磋”，以打发百无聊赖的少奶奶生活。事业？笑话，那是嫁得不好的女人被生活所迫狼狈谋生而已！

有些嫁得比较糟糕的，什么事都要亲力亲为，整天为柴米油盐吃喝拉撒忙忙碌碌，甚至要白天上班晚上带娃，生活大多时间围着老公、孩子、锅台转，根本没有时间留给自己。天长日久，哪里还顾得上自己的价值和理想？相夫教子就是唯一的使命，老公的成就、孩子的成绩就是自己的价值。

可是，女人的归宿只有这两条吗？我不觉得。婚姻固然是绝大多数女人的必经之事，却并不是女人放弃自我的借口。结婚，说到底只是身份的转换，不是一个人价值观质变的开始，婚后是否还能继续实现自己的人生目标，关键就在于，女人是不是在婚后始终秉持初心，不放弃自我的成长和自我价值的实现。

我承认，对于一个普通人来说，现实总有很多无奈之处，忙碌的时候也很容易浮躁，人世的变故常常令人感到迷茫，锅碗瓢盆的碰撞难免让人心烦意乱。婚姻承载了太多烟火味，从某种程度上剥夺了我们不少自由。但即使有一万种理由，我们还是不能忘记初心。忘了初心，就丢了自己，你可能不再为自己考虑，不再坚持自己的路，不再努力去闯出一片自己的天地；忘记了初心，会让心灵迷路，忙碌时情绪焦躁，面临选择时徘徊不定，对待生活敷衍随意，面对成长失去动力，面对挑战丧失自信……

而假如我们始终记得自己是谁，清楚自己想走怎样的路和要去的方向，别说是婚姻了，即使是世界末日，也不会让我们放弃努力。

人生如戏，愿每个人都能获得
自己渴望的“奥斯卡”

生活是个大舞台，我们生来就是演员

我第一次拍戏，大学还没毕业，二十出头的年纪，谈不上见过世面。况且，学的也不是表演。不知道哪里来的胆量，就敢接了下来。

但心里毕竟还是忐忑的。拿到剧本后，认认真真地看了好几遍，反复琢磨自己的那个角色。又请了位台词老师，跟着她一字一句地练台词，有时候死抠一句话的语气、语调，反反复复练习了几十遍，累，但是不愿意敷衍。练过台词后，还是觉得应该再做点什么，后来就去朋友的公司客串前台。我在剧中要扮演的，正是一位前台。在拍戏之前，我得先让自己入戏。

开始拍摄后，我的状态出人意料地松弛。剧组里的老戏骨很惊讶，问我：潘阳，你怎么一点都不紧张？这真的是你第一次拍戏吗？

讲真，我也不知道我为什么一点也不紧张，连接到剧本时的那份忐忑也莫名其妙地不见了。我每天按部就班地工作，听从导演的指挥，偶尔，在允许的范围内自我发挥一下。没什么心理负担，也不觉得辛苦，反而感觉挺好玩儿的。

现在想来，那不就是“初生牛犊不怕虎”么，无知者无畏嘛。

虽然因为各种原因，那部剧最终没能播出，可是那次拍戏的经历，却在无形中让我明白了很多道理。

人生，也正如一场戏啊，而我们，生来就是演员。认真地对待生活，好好演出这场戏，是每个人的基本职责，也是每个“演员”的基本修养。

首先，我们得认真研读剧本，找准自己的角色定位。

一个人的社会角色、家庭角色，以及想成为什么样的人，就是他在“人生”这部戏中的角色定位。社会和家庭角色决定了一个人来自哪里，想成为什么样的人，决定了一个人将去往何方。没有人能抹掉过去的痕迹，一个人从哪里来，身上必定带着某些印迹。而对自己没有期待的人是没有未来的。

人生是没有独角戏的，每个人身上，都注定要背负很多责任。你会随着人生不同的阶段，不停地转换角色：孩子、丈夫或妻子、父亲或母亲……却始终脱离不了与他人千丝万缕的联系。我们注定要单枪匹马面对生活，我们同时又被人寄予厚望。所以，知道自己是谁，很重要，明白自己是谁的谁，更重要。

其次，我们得入戏。

入戏，就是认真对待生活，忠于角色，严守自己的职责。

大家都是哭着来到这个世界上的，只是，哭声大同小异，命运却相差十万八千里。有人一出场就是众星捧着的那轮明月，有人一落地就成为至亲之人眼中的鸡肋，有人生来骄矜富贵，有人注定凄风苦雨。命运早已给你定好剧本，你无法选择，更没资格罢演。接受命运，忠于角色，才是一个负责任的演员应有的态度。也只有这样，你内心对生活的抗拒才会更少一些。

好在，命运终究没有冷酷到底，他给了每个人改写剧本、临场发挥的机会。如果够努力，你可以不断提高演技，不断修改剧情的走向，甚至给结局来一个惊天大逆转。

所以，严守自己的职责，严肃认真把配角当主角演，也许有一天你会成为真正的主角。反过来，如果你耍大牌，开小差，对“人生”这部戏没有心存起码的敬畏，终究会沦为跑龙套的。

最后，我们还得出戏。

戏与人生的区别在于，戏会难以避免地修饰和美化生活。

事实上，真正的生活比戏更加残酷和令人无奈。如果我们不肯走下那个华丽虚幻的舞台，洗尽铅华、卸下行头面对真实的生活，就只能一辈子戴着面具，念着别人写好的台词，演绎夸张的情感，演出一场泡沫剧。这样活着，未免太累。

厉害的演员，不仅能入戏，也擅长出戏，要在该结束的时候，潇洒豁达，笑对得失。不管是悲剧还是喜剧，不管是主角还是龙套，得失不计较，名利一边放，抛下那些曾经的光鲜亮丽，坦然接受生活中的平凡和不完美，甚至庸常，踏踏实实地面对每一个细碎的日子，才能把握住生活的本真。

人生如戏，愿每个人都能获得自己渴望的“奥斯卡”。

何以解忧，唯有唱歌

尼采说：没有音乐，生命是没有价值的。叔本华更是对音乐做出了至高无上的评价：世界在音乐中得到了完整的再现和表达。它是各种艺术当中第一位的、帝王式的艺术，能够成为音乐那样，则是一切艺术的目的。

我对音乐没有那么深刻的理解，但我对音乐的热爱，却是深沉而热烈的。

这种热爱与生俱来。

从会说话开始，我就会唱歌。唱歌对我来说，就像用筷子吃饭那么简单自然，就像呼吸空气那般自如，就像一杯水、一双鞋或者我的一只手，扶持着我走过生命中的一段又一段路程。

我出生在一个“靠嘴吃饭”的家庭，爷爷奶奶是评剧演员，在东北有不小的知名度，我爸也是评剧演员出身，我妈如果不是为了家庭退居家中，应该也会成为一名评剧演员。也许是他们将流淌在骨子里的对戏曲的热爱，遗传给了我。只不过，我对评剧没太大的兴趣。

我读小学那阵子，流行音乐正涌进中国，并形成铺天盖地的势头，快速传唱天下。有一天放学回家，路过一个精品店门口，店里传出一阵甜美清丽的歌声，像一串定身咒，把我给定住了。我立在店门口，如痴如醉地听完了整首歌，来不及回味，便冲进店里，问老板："叔叔，刚才那歌谁唱的，歌叫啥名儿？"老板拿出一盒磁带，给我看封面，拽拽地说："识字儿吗？邓丽君！"顾不上老板那不待见人的态度，作为一个土豪小学生，我立即从口袋里掏出两张崭新的十块钱，放在柜台上，豪气冲天地说："叔叔，我要买邓丽君所有的磁带，钱不够的话，我明天再来！"精品店老板被我这个"大客户"镇住了，立即对我肃然起敬，站起来从身后的展示架上手忙脚乱地拿出好几盒磁带，飞快地给我算了钱。我拿着一小袋子盗版磁带，飞也似的冲出精品店，冲回家里。

那时候，我家已经有卡拉 OK 设备了，我爸有时候也在家吼几嗓子，《一场游戏一场梦》《大约在冬季》《再回首》之类的歌，我也听他唱过。自己买磁带，却还是第一次。从此一发不可收拾，我成为附近音响店和精品店的常客和 VIP 客户，只要出了什么新歌，我就会在第一时间买回家，边听边跟着哼，没两遍就学会了。

我爸以为我只是唱着玩儿，纯属兴趣爱好，也没管我。后来考大学，我要报考艺术专业，他却不让了。他认为这条路并不好走，这个圈子也并不像人们看到的那样光鲜耀眼，在光环的背后，有很多不为人知的艰辛。也许他一路走来太过辛苦，所以不愿意我再经受那份辛苦。有一种爱，叫：我宁愿你平凡，也要平顺平安。我从小就是乖乖女，听了我爸的话，去国外读了经济管理。我爸给我想出了一条康庄大道——开个超市，当老板。

可是，正是有了对比，我才知道自己有多爱唱歌。面对丝毫不感兴趣的专业，我一天比一天更清晰地认识到：我选错了路。经过深思熟虑，我下定决心从头开始，换一条自己真正喜欢的路走。接着，回国，考试，进了解放军艺术学院学声乐。经过几年的专业培训，这才由“土八路”变成了“正规军”。

后来，不少人问我：你为什么喜欢唱歌？我想了想，还真找不着原因。喜欢就是喜欢啊，没有为什么。我只知道，每次心情不好的时候，唱唱歌，心里那些堆积着的无处排遣的复杂情绪，就会像水蒸气一样蒸发掉。而每次心情好的时候，我只找得到唱歌这一种方式来表达我的快乐。也许正如雨果所说的：“音乐表达的是无法用语言描述，却又不可能对其保持沉

于我而言：不是因为快乐才唱歌，
而是因为唱歌才快乐。

默的东西。”

如果非要找点理由，我想，只有这几个：

第一，唱歌能让我感到快乐，帮助我解压、解郁。心理学认为，人们唱歌的时候会吸入更多氧气，血液中氧气含量增多了，不良情绪也能够得到改善。而唱歌引起的深呼吸，会放松并放空人的大脑，令人无法思考自己的问题，这无形中也在减压。毕竟，生活中的很多烦恼其实是来自过度的思虑。我觉得于我而言：不是因为快乐才唱歌，而是因为唱歌才快乐。

第二，唱歌能够给别人带来愉悦的享受。歌者之所以拥有歌迷，我想，并不是唱歌的人有多么讨人喜欢，而是歌让人愉悦。歌让人喜欢了，人们爱屋及乌，自然也对唱歌的人有好感。我是一个挺乐意让别人高兴的人，我也能因此从中感到快乐，我觉得音乐为人与人之间营造了一个挺美好的氛围，这也是我喜爱音乐的原因。

第三，唱歌能让我实现自我价值。人在世上，有安身立命、彰显自我的需求，我自然也不例外。有人凭借文字实现自己的价值，有人仰仗画笔大放异彩，而我，想用声音告诉世界我是谁，我曾经怎样灿烂地活过。

世界是个游乐场，愿你乘兴而来尽兴而归

电影《好好先生》里，艾尔森在大剧院里对卡尔说：“世界是个游乐场，当你还是小孩子的时候你就知道，结果在慢慢长大的路上，所有人都忘记了。”我超级喜欢这句台词，尽管过了这么多年，我仍然记得。它启发我应该以怎样的心态来对待生活。

小石头喜欢去游乐场。我喜欢看着他在游戏中绽放出纯真的笑容，仿佛得到了全世界那般满足，我也喜欢鼓励他去尝试一些他有些害怕的设施，看着他变勇敢，然后从勇敢中获得自信。

有一次，他想坐摩天轮，却又有点恐高，非常害怕从半空中掉下来摔成肉饼，为此犹豫不决。我向他保证，摩天轮只是看起来很高很危险，其实很安全，而且，坐摩天轮又惊险又刺激。他经不住诱惑，终于答应跟我一起坐。

从坐上去的那一刻，他就紧张得不得了，小手紧紧抓住我的手，手心很快就冒汗了，他的脸也因紧张而涨得通红。我握紧他的小手，故作镇定地跟他说一些很平常的话题，其实，我也有些紧张。多么高哇！

越来越高，小石头紧张得闭上了眼睛。可是我说："儿子，你要睁开眼睛，看看美丽的风景，不然，你就白白被吓了一顿。"他想了想，终于把眼睛睁开了一条缝，小心翼翼地看着前面。突然，他看到了一只飞着的鸟，兴奋地大叫起来，恐惧似乎在一瞬间烟消云散。我因为关注着他，自己也忘了害怕。

从摩天轮下来后，我们觉得自己变勇敢了，特别自豪，特别得意，互相狠狠地夸了对方一顿，仿佛我们秒变人生赢家。

因为那次经历，我又重温了一遍《好好先生》，并有了新的感触。

世界是个游乐场，生活有时候就像在坐摩天轮。得意的时候，我们就像乘摩天轮缓缓向上，慢慢达到最高点，一路都是美景，步步奔向巅峰；失意的时候，就像摩天轮从制高点跌落，在摩天轮里的人慢慢看不到了最美丽的风景，不得不下到平地，心里满是失落。

世界是个游乐场，生活有时候像"激流勇进"，激流中冲刺的感觉让你血液沸腾，但一不留神，你也可能浑身湿透，狼狈不堪。

世界是个游乐场，生活有时候像碰碰车，或碰撞出笑声，或碰撞出疼痛，谁知道呢，没有人能够始终完美地掌握力度。

世界是个游乐场，我们可以按照自己的本能，好奇地探索这个世界，那么多的游戏项目，不都应该去尝试一下吗？哪怕吓得心惊肉跳，哭爹喊娘，也是开心的。

来了就应尽兴，尽自己最大的热情对生活倾情投入，不敷衍，不将就，不辜负生命与时光，也千万不要因为胆怯而不敢尝试，否则在离去时会有太多的遗憾和不甘。当你玩累了的时候，停下来休息休息，没人逼着你要玩遍所有的项目，没人非要你累得无力了还硬撑。继续或者停下，都是你的自由。

世界是个游乐场，我们原本是来寻找欢乐的，但有时候，也会遭遇一些意外和不愉快，是的，生活不会总如我们的意，一直阳光灿烂，永远欢声笑语。但千万别因为小小的插曲和意外而忘记了初衷。快乐，既是我们的出发点，也是我们的目的地。

我们大可以沉浸在无尽的遐想与欢乐中，只要我们以游戏中轻松的心态来看待生活，得意时尽情欢笑，失意时淡然处之，难过得笑不出来的时候，就过会儿再笑。

世界是个游乐场，愿你保持一颗童心，乘兴而来，尽兴而归。

因为不可知，未来才更有魅力

虽说人人都期望一生平顺，可是，谁又愿意自己的人生毫无波澜，一眼就望到尽头？毕竟，人生那么漫长，假如从一开始就注定了以后的每一天都是今天的简单重复，漫漫人生，又该怎么熬下去啊？

让我对人生的不可预知有这样深刻的理解是我看了号称史上最强的微电影《调音师》后的感悟。

主人公阿德里安本来是一个钢琴天才。这位天才参加了一次级别很高的钢琴大赛，如果成功了，他将成为郎朗一样的青年才俊，生活和事业风生水起，聚光灯下闪耀一生。换句话说，他的人生从此就开挂了。

可他偏偏失败了。他在台上太紧张了，没办法控制内心的颤抖，让音乐像泉水一样流出。事实上，他指尖哆嗦出来的声音，像寒号鸟的哀嚎，难听得让人咋舌。

天才失败了就是废柴，这就是这个世界的游戏规则，既残酷，又无比合理。一夜之间，原本可能拥有无限美好未来的阿德里安，失去一切机会，一无所有，一文不值，成为同行的笑柄，女朋友也无情地打包走人。他就剩下个枕头可以抱着哭。

哭完之后还得吃饭，为了生存下去，阿德里安动了动歪脑筋。虽然钢琴演奏失败，但演技还是在线的，他假装是盲人，当起了调音师。他戴上隐形眼镜，又戴上墨镜，手里拄着一根盲人拐杖，走路磕磕绊绊的样子，也是蛮拼的。艺术变成手艺，下场是凄凉了些，但能怎么办呢？饭总是要吃的。况且，他还占了很多正常人所占不到的便宜——因为眼瞎而被信任，得到更多工作机会，受到优待；因为眼瞎而不被防范，窥探到了很多不该窥探的秘密。这样的伪装，似乎也挺好。生活无忧，还有热闹看。

直到有一天，他按照约定到一个客户家去调琴，误打误撞进入杀人现场，迎来不可预知的命运。影片的最后，导演卖了个关子：调音师的后脑勺上顶着一把枪，音乐像泉水一样从他指间流出，一点都不抖，他又变回了那个天才。他会成功脱险吗？天知道，导演只给了我们“啪”的一声枪响。

导演奥利维耶·特雷内的高明之处就在于，他不但将故事讲得跌宕起伏，还能够将人生的不可预知展现得淋漓尽致，尽显世间百态，令人眼界大开又唏嘘不已。他把观众的心勾起来，又吊住，最后一把甩下。然后，戛然而止。管你心潮起伏，管你感慨万千，管你心有遗憾，管你忘不掉，放不下。他自顾自结尾，闭幕，连再见都懒得说。

这部影片能够获得巨大的成功，恐怕不得不归功于“命运的不可预知”。观众的口味越来越刁钻，没人再喜欢从一开始就能猜到结局的故事，越是充满未知、充满悬念的故事，越令人心潮澎湃、热血沸腾。

人生，不也如此？

人生最大的魅力，就在于它的不可预知。未来的不可知，固然令人忐忑不安，没有安全感，却也因此独具魅力，令人神往。

因为未来的不可知，命运才有被改写的可能，我们的努力才有意义。谁都不知道自己的努力是不是会打水漂，能不能换来想要的结果，但是，假如连努力都不肯，未来就会变成已知的——止步不前，归于无趣。

所以，那些不甘于平庸的人总会愿意去试一试，将未来的不可知当作前进的原动力，化作为之奋斗不竭的希望。正如那句流行语所说的：“梦想还是要有的，万一实现了呢？”

比如电影中的阿德里安，虽然比赛失败了，失去了继续做

因为未来的不可知，
我们才要更加珍惜当下

天才的机会，但假扮盲人，不但让他得以谋生，还备受优待，活得别有一番趣味。假如没有那场意外，他的人生也算得上精彩，并不比当钢琴家的时候逊色多少。

比如我自己，本来是学声乐的，却机缘巧合收到出演电视剧的邀请。虽然不是主角，我确实也没把握自己一定能演得很好。但我愿意给自己机会去尝试，因为我希望自己的人生能更有趣。

因为未来的不可知，我们才要更加珍惜当下。有句话说得好：谁也不知道明天和意外哪个先来。生活的不确定性随处可见，未来不可控，明天充满变数，命运不按常理出牌，横行霸道，任性而为。我们唯一能做的，就是顺应不可知的未来，把握现在。把能做的都做了，剩下的，就交给未来吧！

正因为抱着这样的想法，我才尽量在平淡的生活中营造一些小情趣，把每一天活出自己的色彩。

因为未来的不可知，我们才要对未来保持期待。不论是逃避、惧怕、哀叹，还是期待、坦然，未来都会疾驰而来，命运注定无处可逃。但期待永远比逃避积极，坦然总会比惧怕从容，微笑总会比哀叹优雅。

毕竟，生活的意义本身就不是结果，而是奔跑的过程。

世界上最近的距离，是我在你心里

曾经的很长一段时间里，我认为，在所有的亲人当中，我跟老潘的距离是最远的。我说的距离，既是指空间距离，也是指心理距离。尽管，我们是父女，这种被称为世界上最亲密的关系。

我小时候，老潘因为工作的原因，常年不在家，观众见他一面可比我见他一面容易多了。不常见面的父女，加上一个严肃，一个内向，一不小心，就成了最陌生的亲人。

我小时候特别不愿意成为焦点人物，恨不得当隐形人，所以，我特别介意自己有一个“名人”爸爸。我总觉得，他身上的光环，会让我暴露在众人的目光下，被过度关注，被审视，那种感觉让我浑身不自在。于是，老潘好不容易在家的日子，我也不愿意他去接我放学，更不愿意他去参加家长会。

可是，年少的心思是多么矛盾啊！我虽然“嫌弃”老潘，却也渴望爸爸的爱，那是我藏在毫不在乎的外表下，隐秘而微疼的心事。但长时间的疏远让我越来越不知道该怎么去接近老潘，我也不知道如何让老潘关注我，走近我。我承认，我是个别扭而疏离的女儿。

在敏感而别扭的年纪，难免会因为这份既渴望又遥不可及的父爱而失落，有时候甚至觉得，老潘的心里只有他的事业，哪里会有我这个女儿的位置啊！

瞧，我离老潘的血缘那么近，却又距他的心灵那么远，多么矛盾的关系！

但真相的出现令我有些措手不及。

那年，我十七岁，独自去国外读书。偌大的机场，人来人往，有人脸上带着不舍，有人眼里溢满喜悦，只有我，拖着巨大的行李箱，脸上一派风平浪静，心中一片失落唏嘘。老潘和我妈一起送我到机场，我妈一会儿抹泪，一会儿强装笑脸，弄得我心里很不是滋味。还好老潘仍然一脸严肃，在我眼里还带着几分疏离淡漠，让我终于绷住了脸没哭出来。

我不愿意在老潘面前掉眼泪，心里想着："我才不拿热脸贴冷屁股！"

可是，我到了国外后，打电话回家时，我妈告诉我，那天，

即使彼此的空间距离变大了，
心与心却跋山涉水聚拢在一起

我刚通过检票口，老潘的眼泪就冲了出来。我惊呆了！谁？老潘？！不苟言笑的、拒人千里的、疏离淡漠的老潘，居然因为我的远行而掉眼泪！如果不是我亲妈说出来，打死我都不信的！我妈还说，他们送我的那天，回到家，两个人不敢交谈，不敢吱声，怕一出声，就要哭出来。还有，自从我出国后，他们出去吃饭，从不敢去跟我一起去过的餐厅，也不敢点我喜欢吃的菜，就怕睹物思人。

“啧啧，我只是出国而已啊，又不是去了外太空！”我假装没心没肺地笑我妈，其实，心里已经弥漫起一片暖意，这份暖意又滋生出了一片潮湿，弄得人怪难受的。“老潘，原来我在你心里是有位置的，那位置似乎还挺重要。”我在心里有些得意地说。

仗着这个特殊的地位，我心里有了底气，开始主动跟老潘套近乎。我开始关心他的身体，给他买礼物，尝试跟他说我心里的一些想法。尽管仍旧无法像亲密的父女那样相处，但至少不再是“陌生人”了。

后来，我唱歌，拍戏，上节目，跟老潘成了同行，与他有了更多的相处机会，也更加能够设身处地地理解他——把欢笑留给了观众，只能把压力留给自己；把轻松留给了观众，只能把严肃留给家人；把时间留给了荧屏，只能把背影留给家庭。

每一行有每一行的不易，每个人有每个人的不易，老潘，自然也有他的不易。只是，他从来不说。他的心里，大概也有那么一块地方，别人进不去，他自己出不来。于是，即使跟最亲的人之间，也有距离。

想缩小距离，就一定要有人走近对方，我愿意做那个主动走近的人。我开始主动跟老潘开玩笑，做了妈妈后，有些以前说不出口的贴心话，竟然也能够自然地说出来了。老潘也变了很多，不再总绷着一张脸，在社交平台上也越来越多地与我进行轻松幽默的互动。花了二三十年的时间，我们终于回到了原点，成为亲密的父女。

人生真是奇妙，原本应该是最亲密的两个人，有着割不开的血缘关系，却因为忙碌和矜持，让彼此之间遥不可及。而有一天，一旦放下了矜持，即使彼此所处的空间距离变大了，心与心却跋山涉水聚拢在一起。

原来，心灵的距离并不由空间距离决定。世界上最近的距离，从来都不是形影不离，而是，我在你心里。

带着蜗牛看世界

几年前，台湾作家张文亮写了一首现代诗——《牵一只蜗牛去散步》，感动了整个天下的父母。我想与大家分享这首诗：

牵一只蜗牛去散步

——张文亮

上帝给我一个任务
叫我牵一只蜗牛去散步。
我不能走太快，
蜗牛已经尽力爬，为何每次总是那么一点点？
我催它，我唬它，我责备它，
蜗牛用抱歉的眼光看着我，
仿佛说："人家已经尽力了嘛！"

我拉它，我扯它，甚至想踢它，

蜗牛受了伤，它流着汗，喘着气，往前爬……

真奇怪，为什么上帝叫我牵一只蜗牛去散步？

“上帝啊！为什么？”

天上一片安静。

“唉！也许上帝抓蜗牛去了！”

好吧！松手了！

反正上帝不管了，我还管什么？

让蜗牛往前爬，我在后面生闷气。

咦？我闻到花香，原来这边还有个花园，

我感到微风，原来夜里的微风这么温柔。

慢着！我听到鸟叫，我听到虫鸣。

我看到满天的星斗多亮丽！

咦？我以前怎么没有这般细腻的体会？

我忽然想起来了，莫非我错了？

是上帝叫一只蜗牛牵我去散步。

诗人用浪漫的方式，优美的语言，温柔地提醒父母们，对待孩子要耐心一点，“把自己主观的想法放在一边，陪着孩子静静体味生活的滋味，倾听孩子内心声音在俗世的回响”。在这个过程中，你以为受益的只是孩子，可你不知道，从中收获更多的，却是已经丢失童心的大人。

由于工作的关系，有时候我会和小石头分开一段时间。再见他，我总会觉得他长高了很多，也懂事了很多，嘴也变甜了，会主动叫我“小美女”哄我开心了，听到我说“哎呀这包东西太重，我提不动”时，立即挺起小小的胸脯，摆出男子汉的范儿，大喊一声：“妈妈，让我来！”然后从我手中接过有他一半高的购物袋，挎在臂弯里，一步一挪地走。很明显，他提得挺费劲儿的，可是人家说什么也不让我提，还很男子气地说：“男生就应该照顾女生啦！”不经意间，我的小男孩已经长成一个小男生了，他的绅士风度令我既吃惊又欣喜。

但是，每次我带他出去玩，尤其是接触大自然的时候，这个小男生又穿越回去，变成了天真烂漫的小男孩。他会蹲在草丛边找虫子，一蹲就是好半天。我在后面看着他的背影，阳光浅浅地洒在他的头上、背上，风轻轻吹动，时光仿佛静止。那幅画面，胜过世间最美的风景。我哪里是在陪他郊游，明明是他带着我欣赏了一幅天下最美的画作。那些我不曾发现的美，此时都入了眼，入了心。我从他身上，重新上了一堂美学课，学会了用童真的眼光重新发现世界的美好。

我从他身上，学会了用童真的眼光重新发现世界的美好

有一次，他看见几个小孩在玩泡泡枪，目光像是被磁铁吸了过去，目不转睛地盯着。我们马上找到卖泡泡枪的人，买了一支。他一边蹦跳着一边射出一串串的泡泡，然后追着泡泡们跑，笑得一脸天真。原来，玩具无所谓贵贱，先进或是落后，只要能博人一笑，便是世间最好的东西。小孩子的心从来都是单纯的，是我们大人，将世界物化了，也复杂化、功利化了。我不由自主地加入泡泡追逐游戏中，寻回赤子之心，从一个无趣的成年人变回了一个有趣的孩子，在闪亮的泡泡中看见自己眼中的光亮。

还有一次圣诞节前夕，我们决定自己布景。于是，买了一棵圣诞树和一堆装饰品。忙碌了大半天，我站在搭好的圣诞树前，真心地觉得这是我见过的最好看的圣诞树。其实，这也是小石头人生中第一棵圣诞树，是我俩从大老远的商店扛回来的。我以为我得全程一个人动手，没想到，小石头很有自己的想法，不但给我提了很多不错的建议，还亲自动手干了很多活。我们一起拼搭，一起装扮，一起兴奋，付出汗水，然后享受成功的喜悦。那一刻，我被他带进了时光隧道，被一路带回了童年。我收获了比一棵圣诞树、一个圣诞节要丰富的礼物。

一直以来，我都希望小石头能够成为一个善良、温暖、懂得感受和感恩生活里点点滴滴的人，我希望他快乐、单纯，学会自己从生活里寻找快乐，制造快乐。我也在尽自己最大的努力，带给他健康乐观的生活态度。之前，我一直以为，我们母子之间，我付出的比他付出的更多，他收获的比我更多。可是，渐渐地，我发现，他带给我的快乐和成长，其实要比我想象的多得多。我曾经以为我是那个带着蜗牛散步的人，需要耐着性子，放慢脚步，用放慢的节奏和耐心，适应他成长的步调。可是，事实上，他成长的速度令我始料不及，一眨眼，他已经在照顾我了。原来，带着蜗牛去散步，收获更多的不是蜗牛，而是我自己。

尽情地疯长吧，我懂事的小男孩儿，妈妈愿意在你成长的过程中，不论步调是快还是慢，都陪你看人世的风景，体会人生的酸甜苦辣。

今天世界上发生的事都与你无关，那么明天
事情发生在你身上的时候，就会与全世界无关

永远热血沸腾，永远怦然心动

前阵子我去上海，联系上了一位大学同学。她当年住我隔壁宿舍，我们每晚串屋聊天，以无数的八卦为佐料，无数黑眼圈为代价，烘焙出了深厚的“革命友谊”。八卦之友见面，激动地聊了大半天八卦。然后她突然说：“哎，潘阳，我觉得你比以前更八卦了！”我翻翻白眼：“我那是对生活有热情！”

我没开玩笑。不论是八卦也好，爱美也罢，抑或是晒美食、玩自拍、约朋友聊天，都是因为我对生活充满热情。否则，谁与谁怎么样，今年流行什么款式的大衣，哪家店的食物好吃，朋友的近况如何，这些，又与我有什么关系？一个对生活缺乏热情的人，最常见的状态，可能就是“眼睛一闭，世界便与我无关”。

我不愿这样。

我不愿意冷淡地对待他人，把亲人当作熟人，把熟人当作陌生人，把陌生人当作路边的一棵树。我喜欢在亲朋好友过生日的时候认真地给他们挑选礼物，然后看他们收到礼物后惊喜的样子；即使工作忙，我也会尽量抽出时间给家人打电话，跟他们聊聊天，拉拉家常，关心他们的身体和心情；我会不远千里去看一位朋友，只为同对方坐在弥漫着香味的咖啡厅，聊聊天，叙叙旧，安静地待上一个下午；我会认真地给陌生人指路，不会把别人的求助当作麻烦。我想让别人感受到，我是一个热情的人，有血，有肉，有情感，而不是礼貌而疏淡。因为，我不愿别人如此待我。

人是非常容易感到孤独的动物。人类的孤独归根于人类自身的冷漠。假如人人保持热情，温暖地对待别人，具备爱人的能力，人类的孤独虽不会消失，但也会“大打折扣”。

我不愿意冷漠地看待这世间的事情。很多事情，尽管看起来跟我没有半毛钱关系，并且我也绝不是愤青，但我仍然要去关注，去判断，去评论，去传播，参与其中，表明立场，因为它们关乎这个世界的是非黑白，道义公理。比如，江歌被杀事件，某幼儿园虐童事件。

这个世界容易变得冷漠，也容易变得温暖。是冷漠还是温暖，取决于生活在这个世界的人，对待这个世界发生的事情的态度和方式是冷漠还是温暖。假如人们都不再用热情面对世间的事情，都置身事外，冷眼旁观，今天世界上发生的任何事都与你无关，那么明天事情发生在你身上的时候，就会与全世界无关。

我也不愿意对这个世界的事物疏远冷淡。人类世界，既是个精神的世界，也是个物质的世界，只承认其中的任何一个方面，都会走极端，只有两者达到平衡，人才能真实地拥抱快乐。

有一段时间，我很喜欢思索人生，思索人存在的意义。我觉得这个问题必须要弄明白，否则人生就会失去意义，让我找不到心中那根“定海神针”。可是，有过这种经验的人都会明白，人生的意义，越思索，越看不清，越看不清，越觉得人生没有意义。于是，在这种恐慌中越陷越深，惶恐不安，甚至觉得这样迷糊地活着是对生命的侮辱。与此同时，我也觉得物质是没有任何意义的，因此对物质表现得漫不经心，甚至悄悄抗拒。

后来有一天，我突然领悟到，我这样钻牛角尖地思索人生的意义，本身就没有什么意义。人生本来就是建立在物质的基础上，一步步走下去，靠我们的每一个行动赋予其真实存在的证明，而不是凭空思索出来的。

然后，我不再纠结我到底是谁，我活着究竟有什么意义，人生的意义在哪里。我开始接受物质，吃我喜欢的食物，买我喜欢的东西，去做我喜欢做的事，追求更舒适的生活。我努力工作，希望赚更多的钱，用最新的科技产品，拥有更多漂亮又有趣的东西，看更远的世界，尝更多的美食。

当我越来越真实地爱着物质世界的时候，我发现，我心里越来越踏实。我不再苦苦思索人生的意义，我觉得，过好每一天，就是最大的意义。我做的每一件事，都在支撑我的每一天，我踏实地度过的每一天，都在支撑我的人生。

而爱物质，何尝不是对生活充满热情的表现呢？在日复一日的生活中，唯有对物质的热爱，对生活的热情，能够抵挡我们被消耗、磨损、消解的精神热度，让我们打起精神，鼓起勇气，在精神的世界里重整旗鼓。

对物质的爱，是热爱生活最基础的部分啊！

有的人，人生越来越单调乏味；有的人，人生越来越丰富多彩。关键就在于，你在对生活中的人、事、物、情做加法还是减法。如果你保持热情，对人对物始终拥有“怦然心动”的能力，不断将新的元素添加到你的生活中，遇见不同的人，经历不同的事，追求不同的物质，给自己一段又一段全新的感受，那么，即便是重复性的工作，也会因为有很多调剂的东西，而不会觉得乏味。况且，对生活越热情，感兴趣的东西就越多，我们就会越觉得充实而喜悦。

未知的世界，总会给我们带来太多的惊喜，热情就是那双引领你去发现的眼睛。我们对这个世界所应秉持的态度，就是保持热情，具备激情，让自己对人、对事、对物拥有爱的能力，永远热血沸腾，永远怦然心动。

我们温柔相拥时，便有了梦乡

刘德华在他的自传《我是这样长大的》的序言中写到过这样一段话：

> 我想我是一个不懂得在现实中表达感情的人。我把自己的感情都错放在一个又一个的角色里，谈情说爱，七情六欲，都是电视剧和电影里头的感情世界，回到现实中，我只是一个渴望有细水长流、平淡恬静的爱情的人。

瞧，这个中国最帅的男人，一辈子与数不清的美人打交道，在荧屏上演绎过最感天动地的爱情故事，最终，他想要的爱情模式，也不过是细水长流、平淡恬静。

爱情有很多种模式。有的轰轰烈烈、惊天动地，有的撕心

世间的爱情有千百种模式，只要适合
自己和对方，就是最好的

裂肺、刻骨铭心，有的分分合合、热热闹闹，有的，却不温不火、似有若无。

爱情本身没有正误之别，好坏之差，无论哪种模式，都有其存在的道理，无须强求哪种模式，适合自己的，便是最好的。

而在我看来，相爱的人，并不一定要山盟海誓、天崩地裂地相爱，有时候，一个温暖的拥抱，最自然的相处，无声的守候，就是对爱情最好的诠释。

我闺蜜和她老公是以最“土”的形式相识的——相亲。当时，两个人都到了世俗意义上的“适婚年龄”，没有急着结婚，却也不抗拒走进婚姻。

第一次见面，闺蜜老公就将他的耿直展示无疑，上来就简单粗暴地自报家门：做什么的，年收入多少，存款多少，有什么兴趣爱好。然后他耿直又诚恳地说：“我是冲着结婚来的，我觉得你不错，我呢，也不遮遮掩掩，就这么个人，你看得上，咱就好好谈，看不上，我也没办法了。”

我闺蜜看着眼前这个健壮的男生，他坦然的眼神，诚恳的态度，收放有度的谈吐，给人一种很踏实的感觉。谈不上很喜欢，但不讨厌。她打电话给我，让我帮着参考。其实我已经从她的语气里听出，她想试一试。她打电话给我，无非是想我给她壮胆。

于是，我使劲给她壮胆，鼓励她试一试。

当时，男方的生意主要在上海，而我闺蜜在北京，他们之间，从一开始就是异地恋。没有一见钟情，没有相思成疾，没有天雷地火的激烈碰撞，没有山盟海誓的缠绵悱恻。大多数时候，他们各忙各的，忙完了，就打打电话聊聊天，互相说说彼此的生活和收获。看上去，竟更像是朋友。我不止一次问过闺蜜：你们真的在谈恋爱？

闺蜜无比诚恳地回答：当然在谈恋爱啊！谁规定了谈恋爱一定要朝朝暮暮、卿卿我我？

我想想，也对。世间的爱情有千百种模式，只要适合自己和对方，就是最好的模式。

在很多人都不看好我闺蜜这段爱情的时候，我却隐隐感觉，没准他们真能修成正果。

果然，一天，闺蜜欢天喜地跑来邀请我当伴娘。

我问她："想好啦？"

她答得很笃定："嗯，我觉得他就是那个在对的时间出现的对的人。"

我又问她："他到底哪一点吸引你？"

她笑笑说："他让我觉得温暖，舒适，和他在一起我很安心。”

安心，不就是最好的状态吗？毕竟，对我们凡夫俗子而言，天雷地火的爱，太伤筋动骨，容易累，让人折腾不起。

婚后，闺蜜老公不顾家族反对，不顾自己在上海多年打下的基业，把生意挪到北京，从头开始。闺蜜嘴上不说，眼睛里的笑意却怎么也掩藏不住。是啊，一个男人肯为了一个女人排除万难，从头开始，不是真爱又是什么？这世上又有哪个女人不想要真爱呢？

从头开始也不是那么容易，闺蜜的老公要经常加班，奔波于各个饭局。闺蜜自己也经常出差。他们依旧没办法朝朝暮暮，黏黏腻腻。

我问闺蜜：“你放心吗？”

她没心没肺瞪我一眼：“有什么不放心的？”

我哑然失笑，为自己的多此一问感到惭愧。我见过闺蜜的老公，那是个成熟稳重的男人，行为举止诚恳坦荡，言语很有分寸，看我闺蜜的眼神，带着柔情。这样的人，不会做出令自己难堪的事。况且，我闺蜜是多聪明多洒脱的人，若对自己的眼光没信心，也不会轻易走进婚姻。

有一次，闺蜜跟我说，她已经将她老公的过往“情史”扒了个底朝天，而她老公居然对她以前的情史只字不问。据说，他的理由是：过去就是过去，谁没有过去呢？保持适当的距离，是对过去最好的尊重。再说了，问这些不是给自己添堵嘛！

我惊叹：这不就是大家口中的佛系老公吗！

有人说：爱情的第一重境界是“关关雎鸠，在河之洲。窈窕淑女，君子好逑”，这是男子对女子的热烈追求；爱情的第二重境界是“愿君多采撷，此物最相思”，这是彼此间心心念念的牵挂；爱情的第三重境界是“身无彩凤双飞翼，心有灵犀一点通”，这是无言的默契，无声的告白。

我比较认可第三重境界，不是因为它境界高，而是因为，它最接近凡夫俗子的爱情，真实而又让人舒适。

美好的爱情，就应该是这个样子啊！爱情的双方，三观一致，彼此契合；爱情的模式，细水长流，质朴真实；爱情的氛围，舒适温馨，令人心安。

因为爱情，我们对生活有了更多美好的体验，漆黑的夜，也因此有了温馨的色彩。美好的爱情，则更是令人安心，相爱的两个人在爱情中彼此守望，心灵便拥有了最妥当的栖息地。无须苦求好梦，我们温柔相拥时，便有了梦乡。

我有没有告诉你，我有多爱你

小石头最喜欢的绘本之一，叫作《猜猜我有多爱你》。这是一本风靡全球的绘本，全世界不知道有多少小朋友读过、听过，被温暖过。在书中，一只小兔子认真地告诉大兔子："我好爱你！"大兔子则回应小兔子说："我更爱你！"小兔子想要胜过大兔子，便绞尽脑汁，用各种身体动作、看得见的景物来描述自己的爱意，直到它累得在大兔子的怀中睡着了。

每次读了这本书，小石头总会跟在我屁股后面，一遍又一遍地重复："妈妈，我好爱你，我最最爱你！"生怕我没听到，他每次都一定要得到我的回应后，才肯转身去干别的。

我心里生出一股别样的温柔，记忆不断倒带，过去的一幕幕像电影画面，一帧帧呈现在眼前。

我一直都是个有准备的人，计划三十岁之前完成结婚生子的大事，也是老天眷顾，我有条不紊地一一进行着，当我们准备好要孩子的时候，他就来了，明明心里早有准备，可激动、兴奋、紧张、喜悦的心情，还有不知所措，也跟着随之而来。

老公跟我一样，表面镇定，内心却波澜起伏，打了一大圈电话报喜讯，嘴角抑制不住地上扬。尽管备孕时期翻阅了很多相关资料，可当梦想成真的时候，也还是会紧张，这种紧张和担忧伴随着产检从第一个月一直到第五个月才逐渐消退。从开始期待他是一个长得漂亮的孩子到后来只期望他健康就好，我的心理发生了变化。戒掉一切对宝宝不好的食品：我最爱的咖啡、奶茶和垃圾食品。听说吃葡萄宝宝眼睛会大，我每天吃好几斤，直到孕检时，医生说我的糖分太高，建议每天从斤改成两，几颗就好。听说养成早睡早起的好习惯，以后宝宝也会是个作息规律的人，我硬是从一个几十年如一日的夜猫子生生调整成一个九点便上床的好孩子。听说怀孕期间如果看悲伤的电视剧，宝宝的性格就会不乐观，所以老公陪我又重温了一遍《老友记》等一系列爆笑剧集，心想着如果我开心，那宝宝也一定会是个爱笑的孩子。听说要多运动才会顺产，我每天傍晚在小区院子里走圈儿两小时，一直走到脚脖酸疼才觉得完成任务，一直从凉爽 T 恤衫走到宽大的羽绒服。太多太多的改变和煎熬，是因为太在乎。

天下没有一样工具可以丈量母爱，
也没有一个数量单位能够概括母爱

现在回想起来，孕期里种种讲究可真够夸张的，可在当时那个情况下，有一个柔弱的小生命在肚子里，看不见，听不到，也感觉不到，也许一个微小的举动就会给他带来无法挽救的伤害，真的是让人不由自主地紧张。所谓关心则乱，大概就是这个样子。因为，你是我在乎的全世界。

所以，你的一呼一吸就是我的潮起潮落，你的一动一静就是我的日出日落，你的一笑一哭就是我的花开花谢，你的毫厘就是我的十万八千里。这都是因为，我太爱你啊！

我仿佛又看见我一个人缓缓走在柔软的草坪上，踏着傍晚的清风，彩霞染红了半个天际。突然，腹部轻微地动了两下，像是一条鱼在游泳，又像是在吐泡泡，也像一只雏鸟第一次尝试着扇动翅膀，那么轻缓，那么柔软。我一下子愣住了，第一时间反应过来——胎动！我立在原地不敢动，连呼吸也变得小心翼翼，生怕惊动了肚子里的小家伙。

我屏住呼吸，悄悄地等待着小家伙的下一个动作，可是，等了好半天，他也没有再做出任何行动。想到网上说，胎动开始的时候只是偶尔的，我只好放弃，然后飞快地走回家去告诉老公。他既兴奋又羡慕。羡慕什么呢？小家伙在我肚子里，他一点也感觉不到。看来上帝是公平的，女人承担了孕育孩子的辛苦，同时也享受了其他人无法享受到的幸福。

后来，小家伙的胎动越来越频繁，动作也越来越大，就像一条鱼在慢慢长大，游泳的姿态越来越有力。他不但是一条会游泳的鱼，还是一条会飞的鱼，当他第一次扇动翅膀，我生命中最大的快乐便开始随风起舞，越过高山，越过海洋，越过所有的烦恼、疼痛、悲伤，抵达一个新的制高点。生命中那些大大小小的缺憾，上天又以另一种方式、另一个生命补偿给我了。

记忆又回到刚生下小石头的时候。我与天下所有的妈妈一样，看孩子的目光自带滤镜效果，觉得他怎么看怎么可爱，连拉屎撒尿哇哇哭都萌翻宇宙。为了他，我愿意暂时放下工作，洗去铅华，朝朝暮暮陪伴，事事亲力亲为。这些事，琐碎却美好。

后来，离开他外出工作，我也牵念不休；他犯错时，忍住心疼坚持原则；他一点点长大时，我也一点点学会放手……

我会告诉他，我爱他。但是我永远无法告诉他，我有多爱他。因为，天下没有一样工具可以丈量母爱，也没有一个数量单位能够概括母爱。这种爱，循环往复，生生不息，看似平常，却总能创造奇迹。正因为如此，人生尽管有很多不如意，我们仍然愿意走下去，生命哪怕并不轻松，我们还是一代代传承。爱，是会让人心甘情愿做任何事的。

愿我们兜兜转转，还能相随相伴

认识我的人都知道，我有个妹妹。因为她在我的朋友圈曝光率实在太高，简直红得发紫。

妹妹在我的人生中，也红得发紫。

妹妹是我姑姑的孩子，小我一岁。可惜，我们小时候并不常在一块，没有分享过辣条，没有手牵手上过厕所，没有猫一阵狗一阵地吵过架，严格来说，我们称不上是发小。我们像别的小姐妹那样彻夜聊天，已经是她来北京上学的时候了。

有妹妹的北京，好像多了几分可爱。我们经常在大街小巷晃悠，搜罗美食，谈天说地，或是在城墙根下懒懒地发呆。妹妹酷酷的脸上带着点痞气，我是典型的乖乖女，我们厮混在一起，经常让人产生一种她会带坏我的担忧。

但那担忧注定是多余的，妹妹其实是一只披着狼皮的羊，她的痞气只是虚张声势，在她骨子里，其实流淌着如假包换的善良。当然，我是绝对不会告诉她，我早就看穿了她的。

妹妹大学毕业后，顺理成章地做了我的工作助理，协助我工作，也照顾我的生活。我们之间那吓人的默契开始逐渐现形。比如，拍戏的间隙，我突然想喝水，眼睛还没扫描到水杯，她已经把杯子递过来了。我目光一动，她就知道我是要擦汗还是要补妆，要上厕所还是要坐下休息。更丧心病狂的是，有一次，我正在上妆，眉毛处突然传来一阵奇痒，正在我挤眉弄眼让化妆师误以为我脸抽筋的时候，妹妹手脚麻利地拿起一根棉签，轻轻地蹭蹭我的眉毛，解除了我的燃眉之痒。还有更奇葩的是，棉签的位置蹭得精准无比，惊得造型师见了鬼似的哇哇大叫。于是，在片场，她成了传说中的“别人家的助理”，让很多演员馋得流口水。

有一次，我听说一位同行想从我这里“挖墙脚”，给妹妹开出不菲的价，挖她做助理，我那个不知天高地厚的妹妹居然拽上大地说：“没门儿，给多少钱也不干，潘阳可是我亲姐！”气得我大骂她没经济头脑，很可能刚刚错失了两个亿。妹妹摆出一副认真脸，说：“讲真，姐，如果我真的不跟着你了，你会习惯吗？”我一听，马上就怂了，声音弱下去，心虚地承认：“怎么可能习惯嘛，别人又不是我亲妹妹。”说完，又不放心地问：“你不会真动心了吧？”看我紧张的样子，妹妹得意地哈哈大笑，一副得逞的样子。她才是戏精，世界欠她一个小金人。

我离不开妹妹，当然不仅仅是因为我们之间的默契。说白了，世界上哪有什么天生的默契，不过是关心则细罢了。我拍戏的时候，她始终站在一旁盯着我，连上厕所了都拼命忍着，就怕我有什么事找不到她。除了她，谁会这么紧张我啊！

妹妹是我的助理，也是我的镜子。每次拍完一个场景，我都会习惯性地望向她，直到她赞许地点点头，我才松一口气。当然，我表现不好的时候，她也会不客气地指出来，再给我打气。除了这个耿直的姑娘，我上哪找这么诚实的镜子！

妹妹性格外向，粗放，甚至有些咋咋呼呼。而我，则过于敏感细腻，很多时候都放不开。这是演员必须要克服的一点。跟妹妹待久了，我被她带得越来越外向，她为了照顾我，则变得越来越细腻。我们就是两颗棱角分明的石头，被彼此慢慢打磨，变得越来越圆润美好。

就这样，我们在生活和工作中互相照顾，成了连体婴。不过，话说回来，亲姐妹，明算账。我坚持给妹妹发工资，她坚持拿到工资后给我买各种各样的礼物，将我给她的大部分工资都以礼物的形式返还给我，仅仅是因为她上学的时候我照顾过她。这怎么行！发出去的工资就是泼出去的水，再收回来也太厚脸皮了！我只好给她加工资，结果我收到的礼物越来越贵。

算了，有些事，越想分清，就越分不清。我和妹妹之间的这笔糊涂账，再也不可能算清楚了。我彻底放弃了，要不，就这么互相牵扯着过一辈子吧！反正我也习惯了一转身就能看见她，她也习惯了一侧脸就看见我。

况且，我们还是彼此的保险箱，心里安放着对方那些不肯让别人知道的小秘密。

人生兜兜转转，无数人擦肩而过，总有这么一个人，始终在身边，或追逐打闹，或分享心事，或贴心相伴，或温柔呵护，仿佛从未离开，永远不会疏远。错过了两小无猜，没关系，人生兜兜转转，我们总能相随相伴。

「有种」

人生，只有受得住一路风尘，才能留得住一身光芒。终有一天，我们会变成自己想要的模样。

心中有爱，眼里有光

小时候，我总是习惯性地望向五楼的窗户，窗户后面有一张脸，那是姥姥的脸。

夏天的时候，窗户透亮，窗户后面的身影也清晰，我远远地就望见了。冬天，窗户上凝结了厚厚的一层水雾，姥姥在窗户上抹出一个圆圈，她的脸贴在圆圈里，我也远远地就望见了。

早上去上学，我走下楼，回头往五楼一望，只见姥姥把脸贴在窗户上，使劲往下看。我朝她摆摆手，转身蹦蹦跳跳地走了。我的心在那窗户上留了好一会儿，我知道，姥姥还站在那里，慈爱的目光投注在我身上，直到我蹦到拐弯的地方，蹦出她的视野。

放学回家，走到楼下，我抬头一望，窗户后面站着的还是姥姥。看见我，她露出慈祥的笑，眼睛里发出慈爱的光。她老了，眼睛自然不再像年轻人那般明亮，但那目光能在一瞬间点亮我

我习惯了她的目光，
就像我习惯了太阳的光

的笑。

我飞快地跑上五楼，姥姥早已经打开门等着我。我跳起来，挂在姥姥身上，在她的脑门上“啵”地亲一下，姥姥“呵呵”地笑，笑出一脸皱纹。她的眼睛突然变得亮晶晶的，我在里头看见自己的影子。哦，原来在姥姥的眼睛里，我是那样可爱的！

姥姥是个安静的老太太，话很少，加上没什么文化，就更加说不出多么动听的语言和多么大的道理。但她对我的照顾，细致入微。她对我的爱，既无言又丰盈。她每天说得最多的一个字，就是“好”，她从不说“不”。

记忆中，姥姥总是在屋子里转来转去，在她的脚步中，夹杂着我的叫嚷声。

有时候，看着电视，我突然大叫：“姥姥，我要喝水，给我倒杯水！”姥姥说：“好。”然后她就给我倒水。

有时候，写着作业，我突然嚷道：“姥姥，我橡皮不见了，快给我找找！”姥姥答一句“好”，就满屋子转着给我找橡皮。

有时候，吃着饭，我突然撒娇：“姥姥，我想吃鸡蛋！”姥姥还说“好”，放下筷子就给我煮鸡蛋去。

睡觉前，我说：“姥姥，我想听故事。”姥姥温和地说：“好。”然后，她搂着我，开始给我讲故事。

姥姥永远只讲那一个故事，她只会那一个故事。我听来听去，最后自己都能倒背如流了，还缠着她讲故事。那个故事其实不太有趣，但它又是世界上最动人的故事。无数次，我在这个故事中安然入眠，进入香甜的梦境里。

第二天醒来后，又在姥姥的爱里放纵地成长。

那时候，我总是忘记戴红领巾，走出去好远，看见别的小朋友戴着红领巾，才想起红领巾来。只好撒丫子往家里跑，冲到楼下，对着窗户就大声喊："姥姥，姥姥！"姥姥耳朵不好，听不见，我又叫她名字，连名带姓一起大声喊。她还是没出现在窗户边。我又用她名字的最后一个字发明一个昵称，继续大声喊。直到整栋楼都被我吵醒，姥姥终于听见了，她将头探出窗户，也不问，看一眼就知道我忘带啥了。她不急不躁，转身拿来红领巾，笑着从窗户扔下来给我。然后，继续站在那里，目送我上学。

小学毕业后，我们举家迁往北京，姥姥也一起去了。姥姥一直跟我们生活在一起，仍然每天目送我上学，仍然在我的叫嚷声中忙来忙去。我没有发现，我越来越大的同时，姥姥越来越老。她给我倒水的速度越来越慢，她帮我找东西的成功率越来越低，她的视力越来越差，可是，她看着我的时候，我依旧能从她的眼睛里看到我自己。在姥姥的眼睛里，我变成了一个会发光的少女。

我不曾想过，姥姥终有离开的一天。我习惯了她的目光，就像我习惯了太阳光。直到有一天，那光消失了，我在此生此世再也见不到。

没有了那目光的注视，我的心里空落落的。再也没有人给我讲那个听了无数遍的睡前故事了；再也没有人在我的叫嚷声中说“好”，然后忙来忙去了；再也没有那样一双眼睛，既苍老又慈祥，让我能够从里面看见一个会发光的自己。那光，是姥姥用爱给我镀上的，也镀进了我心里。

Part two

有品

有时你需要对自己的人生较真儿，如若不然，最先放弃你的便是生活。不妥协，不放弃，坚持自己想要的完美，对世界报以最大的真诚。

因为慈悲，所以宽容

有人说，人年龄越大，心越坚硬，最后由石头变成了铁，无坚不摧，同时，也六亲不认。

我不太认同这种说法，至少不是百分之百认同。对有些人来说，可能在人世历练久了，受到的伤害或者伤害别人多了，心上结了痂，痂又变成茧，的确心肠越来越硬。但有的人，却是越活越柔软，心里渐渐生出了慈悲，将冰化成了水。

有一次，一位熟人找我借钱，说家中急着用钱。她是我在工作中认识的，彼此只是点头之交，谈不上是朋友。我看着她焦急而恳切的眼神，还是答应把钱借给她。没有问具体原因，也没有问什么时候能还，甚至，连借条也没有让她打。我当然不是毫不在意那笔钱，只是我想，不是真的遇到困难，那样一个平日体面矜持的女人，是绝不肯向一个连朋友都称不上的人开口的吧？或许，她真的是有很大的难处，亲朋好友都已求遍，实在无法可想无路可走了，才硬着头皮找了我。虽然我并不知道，她为什么想到了我。

钱借出去好久，都没有音讯，她既没有还钱，也没有向我解释，甚至，她整个人像凭空消失了一样，再也没有出现在大家的视线中。

妹妹不无嗔怪地说："你一定是受骗了，你总是那么容易相信别人！"

我笑笑，并不认为自己受了骗。我不是对自己的眼光特别有信心，而是，我习惯了把人往好处想。况且，她当时的眼神，那样哀伤无助而恳切，如果纯粹是装的，那么，就当我借她的钱是学费，她至少教会了我演戏。

过了大约两年，有一天，我突然接到一个电话，对方解释了自己的身份，我想了好一会儿才反应过来，她是那位借款的熟人。她还记得我喜欢喝咖啡，约我在一个咖啡厅见面。她居然连我喜欢的口味都记得！

见面后，她的第一句话是："对不起，这么久才联系你！"第二句话是："谢谢你！一直没有催促我还钱！"声音不疾不徐，是她惯有的不卑不亢。但是，那份诚恳也是不容怀疑的。然后，她把钱还给了我。她坚持付利息，我坚持不要，她像是早料到会是这样，转身从包里拿出一份精致的礼物，说，请一定收下！再拒绝就有些不近人情了，我笑笑，收下了礼物。

伴着咖啡的香味，她主动说起了这两年的遭遇。原来，两年前，她老公赌钱，输了一大笔，借了高利贷想翻本，又输了个精光。赌棍和放高利贷的轮流找上门，吓得她和女儿不敢回家，借住在同事家里。她原本想离婚，带着女儿过安宁的日子。可是，老公“扑通”一声跪在她面前，从背后抽出一把刀来，一刀剁去三根手指，血流如注。女儿一边大哭一边捂着爸爸的手指，求她原谅爸爸。

看着跪在她面前疼得发抖却始终不吭声的男人，她的眼前出现以往的一幕幕。他们十几岁就相识，二十出头就在一起了，将近三十岁才结婚。这么多年，他对她呵护有加，她对他放心依赖。只是不知道为什么，他突然鬼使神差迷上了赌博，将他们多年打拼的心血，所有的家底，输个底朝天。一夜回到解放前，她不是不恨他的。可是，她也爱他。她不敢想，如果她带着女儿转身离去，他的余生会变成什么样子。看着一地的血，以及他和女儿一脸的眼泪，突然，她就心软了。

于是，卖了房子还债，还不够，又四处筹钱。她消失的两年里，身兼三份工作，没日没夜赚钱，只为早一点还清借款。

她说：“很多次我想联系你，解释一下，可是终究没办法开口，本来跟你借钱就很唐突了，无论什么样的理由，都不如早一点还清借款来得实在，希望你能谅解。”

我忙表示并不介意。她的眼睛突然起了雾，声音突然哽咽了：“你知道我当初为什么会想到跟你借钱吗？”

我摇摇头。我的确不知道。

“记得那年因为拍戏，”她缓缓地说，“中场休息的时候，剧组里有个跑龙套的演员，冒冒失失地走路，把一杯水泼到了你的身上，你的衣服湿了一大片。如果换了别的艺人，很可能会生气，可是你不但没有怪他，还反过来安慰他。当时我在旁边看着，心想，你一定是个心地善良的人。”

她说的这件事，其实我根本不记得了。不记得，是因为没放在心上。不放在心上，是因为觉得根本没什么。

我一向觉得，做人不能太刻薄，得饶人处且饶人。所以，凡事我都愿意站在别人的角度想一想，体谅别人的难处。哪怕是犯错，也可能事出有因。这世上，哪来的十恶不赦之人呢？

人活着都不容易，每个人都有快乐、悲伤，有人生的高峰期，也有低谷时，命运起起伏伏，谁都不是那么安稳。剥去光鲜的外衣，在灵魂深处，每个人其实都一样孤独和无助。所以，内心深处，每个人都渴望被理解，被尊重，被温暖，被爱护。宽容地对待别人，何尝不是宽容地对待自己？

而要做到宽容，其实也没什么，不过是心底对别人留一丝慈悲罢了。心里有一份慈悲心、同理心，就会不自觉地对人宽容一点，凡事不那么计较。

因为慈悲，所以宽容。普通人的慈悲，未必要大慈大悲、博爱天下，只要对别人多一些理解，对苦难多一点同情，多一点柔软，便是最温柔的慈悲。

懂得世故事，不做世故人

一个闲得慌的下午，我晃到了一个书店，被一个叫《半生为人》的书名吸引，信手翻开了书，正好看到这样一句话：知世故而不世故，才是最善良的成熟。

书店很安静，我合上书，细细回味这句话。

可不是吗？懂世故，是一种成熟，不世故，是一种善良。生而为人，我们都应该善良；生在俗世，我们对世故又无可逃避。懂得世故事，不做世故人，才是对世故最妥帖的应对方式。

懂得世故事，是每个人必备的技能。

很多人总是鄙视那些会察言观色、八面玲珑的人，觉得他们虚伪、圆滑，浑身上下都是心眼。可是，连基本的人情世故都不懂，事事顺着自己的性子横冲直撞，也未必就多么值得夸赞吧？明白这个世界的规则，具备与人相处的基本能力，不使自己难堪，不让别人尴尬，又有什么不好呢？

现实生活不是童话，不可能如我们想象的那么简单。不论是职场、情场，还是社交场，一山数林，一林数鸟，场子大了，什么样的人没有？博弈无处不在，矛盾无处不在，在形形色色的规则背后，还有五花八门的潜规则。浮世鱼龙混杂，世界何曾有公平和透明可言？一个人若不懂人情世故，没点察言观色、左右逢源的本领傍身，整天横冲直撞，得罪了这个，惹恼了那个，社交能力差，人际关系一塌糊涂，如何在光怪陆离的人群中穿梭存活？生存，是生命的第一要务，这是谁也避免不了的生命难题。

可是啊，人终究不能做规则的奴隶，对世俗投降。有的人在复杂的社会关系中，渐渐迷了眼，失了智，丢失了自我，变得越来越世故，越来越虚伪，或被人情世故所困，活得万般不自在。

每一个人的骨子里，都应该有陶渊明的菊花，郑板桥的竹石，有那股子宁折不屈的骨气。

所以，懂得世故事，不做世故人，是一种大智若愚的智慧，更是一种难能可贵的心态。就像现在流行的一个词：中年少女。人到中年，必然饱经世事，但只要不被世俗浸染心灵，能够保持一份单纯与天真，也仍旧可称为“少女”。中年，是年龄上

懂世故，是一种成熟，
不世故，是一种善良

的定义；少女，却是心态上的比喻。谁说“中年”和“少女”就不能同时存在于一个人身上呢？在我的身边就有很多这样的“中年少女”，她们的善良和单纯时刻感染着我。

再如经典影片《这个杀手不太冷》里的男主角 Leon，作为一个四十岁的职业杀手，他的谋生手段就是杀人，替不同的人杀不同的人，不问原因，不探身份，完成任务，拿钱，结束一个任务，等待下一个任务。他当然明白自己的行为触犯了法律，也扰乱了社会规则，他当然也看到了那个黑暗的世界里那些深不见底的黑幕，懂得人性的冷酷与凶残，以及深不可测的恶意。作为一个冷面杀手，他是全世界公认的坏人。但他又是感动了全世界的温情杀手，只因他一直恪守自己的原则：不杀女人和孩子。最后，他遇到了一个女孩，在命运的交错中，他用温情温暖了她，用生命拯救了她，用善良和纯真感动了全世界。

Leon，是杀手，也是上帝，他懂世故事，却拒绝做世故人，用生命和看似残酷的枪，还给世人一个温暖的童话。

我们的生活中，其实也可以存在这样的童话，前提是，我们要学会做那个肯相信童话的人。

懂得世故事，是要求我们学会观察和判断人和事，拥有敏锐的洞察力，能知黑白、懂是非，在法律和道德之内运用成熟睿智的规则和技巧来待人处世，让自己和他人活得更舒适。

不做世故人，是希望我们始终保持纯真、淳朴、善良，不用世俗的眼光去评判一切人和事，看问题无偏见，做事情不偏激，始终心存美好，如赤子般赤诚天真。

懂世故而不世故，既是对他人的善良，也是对自己的慈悲，既可以是童话，也可以是现实。

教养是你的第二个太阳

英国哲学家洛克说过：“在缺乏教养的人身上，勇敢就会成为粗暴，学识就会成为迂腐，机智就会成为逗趣，质朴就会成为粗鲁，温厚就会成为谄媚。”古希腊哲学家赫拉克利特也说：“教养是有教养的人的第二个太阳。”

教养是一个很抽象的概念，可是，它又具体无比，渗透在人的一举一动、一言一行中，并随时随地现出原形。有些人，会因为缺乏教养而让人大跌眼镜，而有些人，也会因为身上的那份从内而外散发出来的良好教养而熠熠发光。

有一次，我陪小石头去电影院看电影。排队买票的时候，有一对母女站在我们前面。小姑娘很活泼，一直在队伍中蹦蹦跳跳，两只羊角辫在头顶一颠一颠的，看得人心中生出笑意。尽管她的妈妈再三小声叮嘱，我也小心提防，她还是给我的脚上来了一脚，不算重，却在我崭新的小白鞋上活生生留下一个黑色鞋印。

妈妈把小姑娘的身体扳正，面对着自己，然后她蹲下来，眼睛与小姑娘的眼睛相对，语气平和却严肃地说："你踩到了阿姨的脚，应该马上道歉！"小姑娘马上转过身来，奶声奶气又不失真诚地跟我道歉，妈妈也连声说"对不起"。

这时候，站在一旁的小石头突然说道："阿姨，没关系，我知道小妹妹不是故意的。"接着，他从小书包里掏出湿巾，蹲下来给我擦鞋子上的黑印。他的脸上并没有恼怒，也没有抱怨，仅仅是一心一意解决问题。单纯，仔细，又平静。这样的小石头，让我感到一万分的自豪。

小姑娘的妈妈由衷地感叹："这孩子真懂事，也真绅士！"

我笑笑，没有说什么。"要谦虚，要矜持，别给小石头丢脸！"我在心里警告自己。其实，心里真的乐开了花。

当然，这位妈妈的做法也让我十分佩服。小姑娘固然调皮，还闯了个小小的"祸"，可是妈妈始终没有朝她发脾气，而是平静而严肃地告诉她，她错了，错在哪里，应该怎么办。最值得称赞的是，她没有将责任全部推卸给女儿，而是陪着女儿一起道歉。

萍水相逢的这对母女给我留下了深刻而美好的印象，也让我想起小时候，爸爸妈妈对我的教养。

外界都传，老潘很宠爱他这个独生女。大家不知道的是，我爸对我其实真算不上“宠”，相反，他对我要求很严格。作为公众人物的孩子，我在生活中有太多的“不能”。比如，绝对不能说脏话，不能打架，不能有不文明不礼貌的言行，不能去酒吧，不能吸烟，不能穿奇装异服，不能离经叛道……

我从小就知道爸爸是“名人”，很多人认识他，如果我干了什么丢脸的事，丢的不仅仅是我的脸，也是爸爸的脸。这给我很大的压力。当然，压力不是别人给的，是我自己给自己的。为了不给老潘丢人，当然，我也真是怕老潘，我比别的孩子更注重个人的言行，小心翼翼，不敢逾矩。在不知不觉中，居然养成了不错的教养，那些逾矩的事，我也躲得远远的。我很清楚，作为女孩子，哪些事能做，哪些话不能说。我也清楚，作为老潘的女儿，哪些事能做，哪些话不能说。

我小时候，有一次，跟着班上几个调皮的男生一起放学回家。路上，他们给隔壁班的一个男孩取绰号，我并不知道那个绰号是什么意思，只是觉得好玩，就跟着他们一起边叫边起哄。这一幕正好被突然回家的老潘看到，他本来就严肃的脸上，温度立即降到零度。我预感到大事不好，赶紧灰溜溜地回家了。

老潘平时虽然几乎不管我，但这不代表他会放纵我。我意识到我可能犯了一个挺大的错误，还不知道等着我的是什么惩罚呢！

回到家，老潘果然摆出“三堂会审”的架势，问我为什么要给人家取绰号。我缩着脑袋小心翼翼地说：“不是我给取的，我不知道那是啥意思。”老潘的声音突然提高八度：“你都不知道啥意思还敢跟着瞎起哄！你知不知道这样显得特没教养！”我吓得不敢动，也不敢吱声，连哭也不敢。一向疼爱我的老妈也没来救场，一向宠我的姥姥也爱莫能助地回到了房间，假装眼不见心不疼。于是，那天我被老潘罚站，面壁思过，站到双腿僵直。

这件事不仅让我长了记性，也明白了一些道理——人不能乱说话，不能因为无知就可以犯错，也明白了，我不仅仅代表我自己，也代表老潘的脸面，代表我们整个家庭的素质。从那以后，我做什么说什么之前，都会条件反射般地想一想：这会不会给老潘丢人？

有人说，父母是孩子的第一任老师，也是孩子人生中最重要的老师，每一个孩子身上，都流露出来自家庭的教养。我很认同这一点。如果不是父母的严格要求，以身作则，以及朝朝暮暮的耳濡目染，我也不会成为洁身自好、谨行守礼的人。

而那些粗暴无礼的父母，绝不可能调教出彬彬有礼的孩子；蛮横任性的孩子，也不大可能来自一个遵纪守礼的家庭。

决定一个人教养的，不是贫富，不是文化程度，不是父母的身份地位，而是一个家庭的素质，一个人对自己的要求。你想让孩子成为什么样的人，你现在就要成为什么样的人，并让你的家庭成为什么样的家庭，然后以自己的言行让孩子耳濡目染。

我对小石头将来做出什么就成，达到什么样的高度，并没有明确的要求。我觉得只要他尽力就好，即使普通一点，平凡一点，不是世俗意义上的成功人士，我也能够坦然接受。但是，我希望他成为一个正直善良的人，懂得大是大非，不仅遵纪守法，也守信守礼。我希望在他身上，也流露出家庭的良好教养。

做一个人不难，我们生下来就是人。做一个有教养的人却不容易，那需要一举一动的自律、一言一行的践行，以及每时每刻的坚守。

我喜欢那些柔软的心灵

我是典型的水瓶座，集感性与理性两个极端。大部分情况下，我是理性平和的，云淡风轻地过着日子，在朋友圈发发段子，逗逗乐子。但是总有那么一些时间段，我会因为某个小事件的引发，陷入莫名的伤感忧郁中，像是心上有伤，隐隐地疼，却又找不到伤口在哪里，自然也无法对症下药。

每每遇到这种状况，我就会翻出宫崎骏的动画电影来看。《千与千寻》《龙猫》《猫之报恩》《幽灵公主》……一部一部，重温那些唯美的画面、空灵的音乐、奇幻的故事，让电影里那些温暖的话来治愈心里若隐若现的疼痛，变回那个云淡风轻的自己。

宫崎骏的动画世界，总有那么一些美好，是让人发自内心地微笑，并永远无法忘怀的。当美好镌刻进心里，会通过眼睛流露出来。于是你看世界的目光，会不自觉地多了几许温柔。

浩瀚的宇宙里，无边的虚空中，最大最有力量，或者最小最卑下的，就是你自己的心

法国导演吕克·贝松说："电影不是济世良药，它只是一片阿司匹林。"嗯，是的。可是，即使是阿司匹林，也很好。谁的人生没点疼痛呢，谁又奢求过永远生活在保温箱里呢？我不贪心，有阿司匹林就够了。

况且，就算这世上有那么一剂济世良药，喝下去，人心就变得无坚不摧，恐怕也没有多少人愿意喝吧？至少我是不愿意的。

相比无坚不摧的刚硬，我更喜欢那些容易受伤的心灵，因为它们柔软，有温度，也散发着温情。

人世间，行路难，人们一路跌跌撞撞，难免受伤。摔跤总是疼的，没有人喜欢疼痛。有些人将一颗心炼得坚不可摧，不是要与全世界抗衡，只是因为，生命中会遇到太多的不善与不公，柔软的心容易受伤。没有人喜欢受伤，于是，在跌跌撞撞中，有人心上的血痂结成了茧，一层又一层，变成坚硬的壳，厚厚地包裹着心灵，隔绝了外界的伤害，同时，也隔绝了温度，封闭了自己。

这样的心灵，看似安全，却一点也不可爱。容易受伤的心也未必是脆弱，反而更加柔软，充满人情味。

开课外补习班的朋友跟我说过这样一个故事：

有位叫小妍的女孩，每个周末来补课两天，由她爸爸接送。据他了解，小妍的成绩并不差，在班上一直名列前茅，这样的孩子，其实是不需要把整个周末都用在补课上的。更奇怪的是，她从来没有见过小妍和爸爸说过一句话。每次爸爸把她送过来，跟她说："我走了啊，下午来接你，有事给我打电话。"小妍低着头，不吭声，也不看爸爸一眼。爸爸似乎习以为常，又似乎是忍不住地轻叹了口气，落寞地走了。傍晚，爸爸来接小妍，父女俩仍是默然无语。可以想象，他们在路上、在家里，也肯定是这个相处模式。他们之间，就像隔着真空，没有任何交流。

朋友说，平时除了上课，她也不知道怎么跟小妍交流。这个孩子就像戴了一副面具，不流露半点情绪。这样的孩子，让成年人也束手无策，不寒而栗。

后来，有一天，小妍上课上到一半，突然伏在桌上嚎啕大哭，把老师吓了一跳。朋友闻讯赶到教室，只问了小妍一句"怎么了"，小妍就扑进她怀里，紧紧搂着她，哭得上气不接下气。朋友也不劝阻，让她哭够了才问她。

小妍说，其实并没有发生什么事，而是她心里憋得太难受了，那一刻，她再也绷不住了。

朋友通知小妍的爸爸提前来接她回家。爸爸到来后，已经停止哭泣的小妍，一下子扑进爸爸怀里，又狠狠地哭了一场。

朋友了解到，小妍的爸爸妈妈前几年离婚了，妈妈离开的那天，也带走了小妍的笑脸和言语，从此，她与爸爸再也没有说过一句话。爸爸再婚后，继母又生了一个孩子。尽管爸爸和继母想方设法与小妍交流，甚至买各种礼物讨好她，她始终没有半点回应。她的心，就像冬天里的一块铁，冰冷而又坚硬。

可是就在那一天，小妍借助那场大哭，返回了童年，变回了十一岁的孩子。她会哭会笑了，会跟老师说她对考试的担忧，会埋怨爸爸接她的时候来晚了，会抱怨学习累，会吐槽继母给她买的裙子老土……她的眼睛时常会流露出寂寞和难过，她有时候脾气很不好，眼泪说来就来。但即使这样，也比以前那个表面看起来很坚强的小妍可爱一百倍啊！

一颗过度坚硬的心，内心是没有爱的，对世界充满了戒备和抗拒，活在自己的世界里，冷漠而又孤独。这样太累，且并不安全，这样的人一旦伤起别人来，必然毫不手软，因为他们感觉不到心灵的疼痛啊！

而那些容易受伤的人，内心都是柔软的、脆弱的，因为善良而柔软，因为单纯而脆弱。他们不懂得用重重面具伪装自己，保护自己，只能赤诚地面对这个世界。与这样的人相处，让人安心。

林清玄说，浩瀚的宇宙里，无边的虚空中，最大最有力量，或者最小最卑下的，就是你自己的心。我们心的柔软，可以比花瓣更美，比草原更绿，比海洋更广，比天空更无边，比云朵还要自在。

愿人人都修得一颗柔软的心，做一个柔软的人，心不设防。面对容易受伤的人，我们也要温柔呵护，善意对待，让这个世界多一份柔软，少一份冷硬。

人山人海，边走边爱

朋友聚会，消失了大半年的小槿带着新男朋友冒出来，把大家惊得眼睛都睁成了“O”形。要知道，这可是几个月前刚遭遇情伤，哭着喊着指天发誓再也不相信男人的小槿啊！

一整晚，高挑的小槿小鸟依人地靠在男朋友的肩头，完全不顾我们一帮朋友明晃晃的白眼。大家虽然表面一副“恨铁不成钢”的样子，心里却是为她高兴的。她过得太不容易，上天也该让她得到幸福了。

小槿在爱情里，爱得太认真，太用力。大学时就认识了前男友，一场恋爱一谈就是八年。八年间，小槿辞别将她捧在心尖的父母，告别所有的闺蜜死党损友，跟着前男友东奔西走，从深圳辗转到上海，再到北京，吃了不少的苦头。从小娇生惯养的她硬是不叫苦，不退缩，用实际行动演绎什么叫“情比金坚”。

只是啊，情比金坚的只有她一个，前男友的情，是一块发了臭的肉。

有一天，小槿出差提前回来，本想给前男友一个惊喜，结果给了自己一个惊天动地的意外。她打开门的一刹那，看见了最不想看见的一幕，前男友和一个女生，滚上了床单，她和他共同的床单。她气疯了，整个人像一支愤怒的军队，冲上去准备将那两个人撕成渣，却被那女的一句话击得溃不成军，落荒而逃。那女的睨眼看着小槿，说：“我们在一起都两年了，早就想让你知道，只不过他可怜你，一直不肯跟你挑明。你知道了也好，省得一天到晚横在我们中间！”小槿不可思议地看着那对狗男女，前男友低着头，一声不吭，并没有反驳的意思，看上去也不打算解释和认错。小槿瞬间崩溃，夺门而出。前男友没有追出来。最后，她只收到一条微信消息：我走了，你保重。

“保重，呵呵，呵呵！”小槿一个人坐在街边，喝得烂醉如泥，我们一帮朋友接到消息火速赶到时，小槿嘴里反复念着这句话。

后来的一天，小槿给我们每人发送了一条同样的信息，就消失了。她在信息里说，她再也没办法在北京这座城市待一分钟，她的心，一呼吸到北京的空气，就会痛得喘不过气。她得带着自己逃走，去呼吸不会让她心痛的空气。

比爱情更可贵的是你拥有爱的能力

之后，小槿就再也没跟我们联系过，也不发动态，我们在对她的担忧中，忐忑不安地度过了几个月，直到她突然出现。

整个晚上，我们被八卦之心折磨得心神不宁，最后，死活从小槿的男朋友手中拽住了她，连夜“三堂会审”，终于逼问出了事情的原委。

小槿拖着简单的行李，带着破败不堪的心，一个人到处走。路过一个又一个的城市，却从不在一个地方停留超过三天；穿越一片又一片的人群，却从不与人说一句多余的话。她说，没有一个地方的空气是呼吸起来不让她心疼的，没有一个人是让她看起来不可怕的，她只能不停地逃离。她知道自己伤得深入骨髓，带着偏激看人看事，只是，她不知道如何给自己疗伤，更不知道自己能不能痊愈。也许，那些伤口一辈子就这样鲜血淋淋了吧？这是最可怕的可怕。

上天的残酷之处在于，他会派一个恶魔，毫不手软地在善良的人心里划出一道深不见底的伤口。上天的仁慈之处在于，他也会派一个天使，温柔地抚平那道伤口。

有一天，小槿坐在从长沙到湘西的火车上，望着窗外发呆。当火车驶进一个山谷的时候，小槿突然泪流满面。眼泪无声地流，止也止不住。哭到忘我之时，从对面伸过来一只大手，手上拿着一张纸巾，递给小槿。小槿在泪眼蒙眬中，看见了一张干净的脸。那张脸上没有疑问，没有嘲讽，也没有同情。不知道为什么，小槿的眼泪突然就那样戛然而止。

她接过那只手递过来的纸巾，开始收拾满脸的泪水，整理凌乱的心情。对面的男生始终没有问她为什么哭成那副样子，只是主动跟她聊起了天，聊得也很简单，不过是一些断断续续的闲话。下车的时候，他们才发现彼此的目的地是一样的，甚至都没有提前预订旅店。最后，他们住进了同一家旅店，比邻而居，然后结伴走遍了湘西古城里的每一条青石路，看遍了沱江边上的每一个浣衣女，吃遍了边城里每一样辣到让人飙泪的食物。

不知是湘西的空气特别好，还是别的什么原因，小槿的呼吸之痛不治而愈。不知哪里来的勇气，她突然决定跟这个萍水相逢的男生在一起。是的，在爱情里伤得深不见底的小槿，终于让伤口合上了，结了痂。她像一个勇敢的圣斗士，打开了紧闭的心门，就那样大大咧咧地放一个陌生人进去。我们不禁为她倒吸一口气，却又不得不佩服她的勇气，因为并不是每个人都能像小槿一样，在爱情里受了那样重的伤之后，还能站起来继续爱。聪明智慧如小槿，给我们上了一堂价值千金的爱的课程。

一生那么长，谁都不可能保证只爱一个人，在浮华世界里沉浮久了，保不准有人会变心。人心变了，再美好的爱情，都可能发臭生蛆，不堪入目，哪里还有半分美好可言？陷在这样的爱情里不肯出来的人，迟早也会心死腐烂，与幸福绝缘。

可是，一生又那么短，每花费一分钟伤心，就减少一分钟欢乐，每拒绝一个人，就错过一次幸福的机会。与其陷在一段腐朽的爱情里，为一个已经变质的人蹉跎光阴，不如带着自己潇洒转身，赶往下一段旅程。

善良未必昂贵，却一定珍贵

我一位当中学教师的朋友，跟我提起过这样一件事：

她的班上有位男生，看上去有些傻愣愣，从不与其他同学交流，每天自己背着书包独来独往，下课就坐在座位上摆弄手指。他的衣服总是脏兮兮的，散发着怪味，同学们也不愿意搭理他。他还经常不交作业，任课老师说了几次无果，也懒得再管他。作为班主任的朋友也觉得，那只是一个又懒又笨的孩子而已，并没有太在意。

直到她无意中得知，那个孩子的妈妈正身患绝症，在外地的医院化疗，孩子的爸爸白天上班，晚上兼职另一份工作，没日没夜地拼命赚钱。孩子每天一个人在家，自己照顾自己。十三岁的孩子，能多会照顾自己呢？更何况，那个孩子小时候受到过刺激，一紧张就结巴、发抖，与人交流起来很困难，自我管理能力比较差。

得知这些情况后，朋友再对孩子说话时，始终保持温和的语气，还为他垫付了午餐费，给他买了必要的书籍。她还悄悄叮嘱班上几位比较懂事负责的男生，让他们在放学回家的路上照看他一下。

朋友觉得很难过，一个孩子正在面临他人生中一个巨大的苦难，而作为他的老师，一点也帮不上他。

奇怪的是，那个孩子在悄悄地发生变化：他不再拖欠作业，不再上课发呆，不再迟到。他的衣服依旧散发出怪味，但他每天把讲台擦得一尘不染；他仍然不爱说话，但他上课的时候很认真地看着老师，会随着老师的问题摇头或点头，用很认真的表情和姿势。他不属于聪明的孩子，甚至可以说是有些笨，但他作业本上的红钩钩越来越多，所有任课老师都感觉到了：他的成绩在一点一点地提高。这对别人来说可能不是难事，对他来说却几乎算是一个奇迹。

后来，孩子的妈妈化疗告一段落，回到家，第一时间请求跟我朋友见面。孩子的妈妈见到老师后，深深地鞠了一躬，含着泪说："老师，谢谢你，谢谢你为我的孩子所做的一切！"

朋友很意外，觉得自己并没有做什么了不得的事。相反，她还对自己不能给对方的病情提供帮助而表示抱歉。可是，孩子的妈妈告诉她，她的行为让自己和孩子感受到了前所未有的善意。

孩子的妈妈说："我的孩子变成结巴以后，不敢直视别人，一紧张就浑身发抖，甚至一度不敢出门。我好不容易让他重新走进学校，他却遭受了很多的嘲笑与奚落，也遇到过太多的漠视，几乎所有人都把我的孩子当作不正常的孩子，甚至曾经还有其他家长向学校提出要求将我的孩子退学，转去特殊学校。可是，我的孩子只是因为受到刺激在表达上出现了困难，并不是智商和精神有问题，更不会伤害别人。只有您没有歧视他，那么真诚地关心他。我从医院回家后，我的孩子哭着跟我说，他一定要努力学习，要对得起老师您。"

朋友十分震惊。她坦言："说实话，我关心那个孩子只是出于心里那点基本的善意，并没有想过能得到感谢，甚至没有期望那个孩子能改变什么。"可是，往往就是那点不经意的善意，给人带来了奇迹般的改变。

可见，善良的力量，远远超出我们的想象。

我跟大家分享这个故事，其实是想说说善良这件事。

这个世界，充满了对善良的误解。

有人认为，善良等于捐钱，慈善等于捐很多很多钱；有人认为，善良等于牺牲自己成全别人，一味付出不求回报；有人认为，善良等于感天动地呕心沥血。除此以外，那些平凡小事都不配叫作“善良”。

但我觉得，善良不应该是这么狭义的。善良的范畴应该很广，大到为天下苍生而为的善行，小到一个善意的微笑。所以，我们不要觉得善良很遥远，自己不是富豪，不是慈善家，就可以不参与。我们也不一定非要通过金钱的额度来衡量善意，只要是善意的行为，都是善良的。

你的一句安慰，可能正是别人沮丧万分的心情中那根稻草；你的一个微笑，可能正是别人阴暗情绪中那缕阳光；你的一次举手之劳，可能正是别人冰天雪地中的那块炭火。就像我的朋友，她的一点点本能的善意，却点亮了孩子心里那盏灯，可能改变一个孩子的一生。

善良未必昂贵，却一定珍贵。

真诚，或许是人与世界最好的对白

曾经看到过这样一句话：如果说，尊重是人与人之间最好的表白。那么，真诚，或许是人与世界最好的对白。

以诚相待，是多么简单而深刻的道理。

刚来到这个世界的时候，人是最赤诚的，敞开心扉接受世界的一切，不怀疑，不抗拒，全心全意信任整个世界。只是，走着走着，很多人就忘了保持真诚，慢慢丢失了对世界那份笃定的信任和信仰。

可是，世界有时候是个斤斤计较的小气鬼，将得失算得丝毫不差，吝啬得如同一只铁公鸡，一毛不拔。对他不真诚的人，他决然不肯还以真诚，只有对他保持真诚的人，才能获得真诚以待。

那么，什么是对世界的真诚呢？以我个人的理解，我觉得无非是在人生中几个重要的方面保持真诚。

比如，工作上的追求完美。

我是个在工作方面挺轴的人。不拍戏的时候，我的生活没什么规律，想睡就睡，想熬夜就熬夜，晨昏颠倒成为日常。一旦进了剧组，我就会乖乖地早睡早起，只是为了让皮肤保持良好的状态，让化妆师便于上妆，使拍摄效果好一点。结束一天的拍摄收工后，我会在晚上一边背台词一边想：我明天还可以表现得更好一点吗？比如，今天的遗憾，明天还可否弥补回来？如果今天这场戏重新演一遍的话，我还会怎样表现？还是好好看看明天的场次吧，大概有个准备，然后以不变应万变……有时候录歌，我也会反复琢磨某个字词的轻重，停顿的长短，情绪的变化和递进，总想唱得更好一点，更具有表现力、感染力。

我心知，无论在演戏还是唱歌上，我都不是最厉害的那个，但是，这并不妨碍我追求完美，站在个人的角度，我从不放弃成为最好的自己。

不妥协，不放弃，坚持自己想要的完美，也是对世界的真诚。

对世界真诚，就得对生活保持真诚。

这个世界上，每个人的生活状态都不一样，但大部分的人，可能都曾经羡慕过或正在羡慕着别人的生活，同时对自己的生活充满不满、埋怨，其中也不乏敷衍生活的人，得过且过，做一天和尚撞一天钟。他们认为：人生嘛，只要别太较真儿，怎么着都会过去的。

朋友跟我说过一个故事。她同学的父母，年轻时就因为性格不合要离婚，结果家里死活不同意，孩子又哭哭啼啼求父母不要分开。纠纠缠缠好多年，都没能了断。但也无心在一起好好生活，于是各玩各的，既不经营家庭，也不管孩子，连工作也是三天打鱼两天晒网。最后，年过半百，一事无成，勉强度日，跟孩子也感情疏远，生活一地鸡毛。

但这一切能怪别人吗？要怪，也只能怪他们对自己的敷衍，不再对生活真诚。

永远热爱生活，永远不放弃追求更好的生活，才是对生活最大的真诚。

对世界真诚，就得对世界的核心元素——人保持信任。

人世繁杂，人心难料，但是，人还是应该对人抱有坚定的信心，永远有结交朋友的热情和与人交心的勇气，永远不要彻底否定人类。正如我们不能因为世界上存在有害食品就服毒自杀，也不能因为遇见了无耻的人就逃离世界；正如我们不能因为天空布满阴云就不再抬头，也不能因为看到了阴暗的人性就拒绝信任任何人。

爱打开的方式有千百种，它可以是陪你一起长大的姐妹，可以是同窗苦读的伙伴，可以是竞争与协作并存的同事，也可以是陌生人潮中朝你走过来投以淡淡一笑又擦肩而过的路人。而真诚，是打开爱之门的钥匙。

我们一生所求，不过是被他人善意对待，认真惦记，孤独时有人相伴，想说话时有人聊天，想逛街时有人相邀，想发疯时有人陪醉。而真诚，是我们追寻的梯子。

我们要对世界真诚，对世界始终抱有希望。

这个世界，有很多人在用力地活着，奋力地奔跑，无论是学习、工作还是生活，都倾尽全力，唯恐因一丝一毫的吊儿郎当、玩世不恭而辜负了世界。他们自始至终坚信自己选择的道路，始终相信未来会变得更美好。心中的希望永不陨落，就是对世界的真诚。

苍穹之下，天清地明，我们要坚持用一双透亮的眼睛看世间万事万物，对人、对物、对规则、对情感，都要保持真诚，不要觉得全世界都欺骗了自己，不要觉得生活辜负了自己，不要用敷衍虚假的态度对待人和事，要像赤子信任母亲一样信任世界，要笃定地相信：让自己保持真诚，世界会还以真诚。

永远十八岁

今年过生日，不记得多少岁了，权当是十八岁吧！刚刚过去的那一年的年末，全民都在疯狂地晒自己十八岁的照片，我也拍了张自拍坦坦荡荡地晒出去。好巧，看起来我刚好十八岁耶！

为了配得上我十八岁的年龄，穿了条皮粉色的裙子。突然记起有天在朋友圈里看到的一篇小学生作文，文中写道："我穿上新衣服，对着镜子照啊照，心里美滋滋的！"我不由得笑了。这样的傻气，我们都持续了好多年吧！继续傻吧，没关系，反正也才十八岁而已。

北京的冬天很冷，我在裙子外面加了一件厚厚的外套。喜欢那种温暖的感觉，就像这个世界从不曾有寒冷。不知从哪一天开始，就再也不愿意让自己受冻，秋裤也穿上了，不想再去感受那种寒冷刺骨。大概，我已经意识到我有义务将自己照顾

只要我们坚守这些美好，一定可以赖在自己最最留恋的时光里，不变坏，不变老

得更好一点。嗯，十八岁的人就是懂事多了，少女小杨知道了，肯定会使劲儿夸我。

我纵容自己将这个变化解释为——返璞归真。这些年，我学会了给自己祝福，在每一个有意义的日子发自内心地感到快乐，并享受这种小确幸。少年时不曾懂得的个中道理，现在懂了。这就是时光赐予我最好的礼物，直接融进我的灵魂里，胜过一切身外之物。感谢时间，如我所愿，让我越变越好！感谢时间，让我变得越来越好的同时，没有变得越来越老，永远停留在十八岁！

朋友们的电话纷纷打过来，祝我生日快乐。有人约吃饭，有人讨论去哪玩，有人说起去年生日上的趣事，有人说寄来了新款的化妆品……和少男少女们嘻嘻哈哈聊了一阵，每年生日都是这样，隔着电话也热闹。十八岁嘛，正是吵吵嚷嚷的年龄，谁矜持谁虚伪。

接完电话，不知怎么想起了一位朋友的孩子。八岁的小女孩，长得圆乎乎的，体重跟我相差不大了，但异常可爱。最难得的是，她的脸上总是挂着傻乎乎的笑，让人看了就忍不住心情大好，即使她犯了错，也不舍得责备她。更更难得的是，这孩子有一颗可能永远都不会消失的赤子之心。她会担心自己因为去过香港而被拍进港剧中，会问我能不能给花朵取名字，会在写作文时将姐姐写成塌鼻子而被骂，但遭受了同样的待遇时，却笑得毫无芥蒂，只是小心地摸摸自己的鼻子，看是否真的很塌。

这样的孩子，会让你悄悄地希望她不要长大，不要变化，就这样好了，一直这样傻乎乎地快乐着，生活在童话世界里，离烦恼很远很远，离幸福很近很近。她八岁，我十八岁，差别并不是很大，我努力一把，说不定也能天真无邪，傻乎乎地快乐着。

按照惯例，此刻我该来个转折，说：可惜……可是……今天我不想说“可惜”，我突然愿意去相信，时间有时候会额外慷慨地赐予我们一个童话，让某些人赖在时光的某个港湾处，不再往前，不再变化。那个港湾，一定是举世无双，占尽天时地利人和，是世间最美好最值得留恋之处。比如，十八岁。

对，只要我们坚信并坚守这些美好，一定可以赖在自己最最留恋的时光里，不变坏，不变老，不沾染任何我们不愿意沾染的恶习。毕竟，上天对十八岁的人，是特别眷顾，特别偏心眼儿的。

好幸运，我只有十八岁！好幸运，我一直十八岁！但愿，我在下一个十八岁，还能遇见十八岁的你！

真正的高贵，从来无关金钱

还记得多年前的夏天，二十来岁的年纪，一个人到厦门旅行。当时，我还在上大学，不愿意多花钱，住的宾馆很普通，出行尽量乘公交车，吃得也很简单。看风景嘛，一切从简。

有一天，天气热得让人透不过气，屋子里有点闷，心里更闷，索性出门去。其实，并不知道自己要去哪里，只是隐隐觉得该去寻点什么，就像真的有什么让我心心念念的东西遗落在那片陌生的风景里。

外面更热。说实话，厦门这座城市，假如你稍微深入地走进去，就会发现，她并没有大家想象中那么完美，也远没有那么悠闲。在这里，外来人口很多，骄矜的白领，惶惑的打工仔，急匆匆看风景的游客，不无骄傲地说着本地话的厦门人，原本各过着各的生活，却因为某件事，聚集在一起。比如，等公交车。那天的公交车站站了很多人，大家都在盼公交车快点来，好赶快从烈日下解脱。

我的身旁站着一个女孩子，都市白领打扮，神色间带着莫名的优越感，一直以骄傲的姿态目不斜视地看着前方。公交车来了，人们一拥而上，白领女也顾不得形象，随着人群一起往车上挤。突然，旁边的一位穿着工装服的男人趔趄了一下，他很努力地保持着平衡，尽量不碰撞到身边的人，但还是一脚踩在了白领女脚上。“没长眼睛啊，死打工仔！”白领女劈头就是一句骂，似乎觉得不解恨，她居然抬起脚狠狠地踩了工装男一脚。

“啊！”工装男疼得蹲在地上，痛苦地捂着脚。他抬头愤怒地看了白领女的背影一眼，终究没有站起来追上去“报仇”。他似乎真的受伤了，没有上车，车往前开了好远，我还透过窗户看见他蹲在地上，捂着脚。

我有些生气地看了白领女一眼，她神色自若地坐在“老弱病残孕”专座，用她自以为高贵的姿态。我突然间觉得，车厢里闷得让人窒息。

车到了下一站，上来一位年轻的和尚，大约十八岁的年纪（他脸上的那种美好，让我觉得只有“十八岁”这个词才配得上）。车上有空位，他并不坐，一直往车厢里走，把座位让给了后面上来的人。我第一次近距离看见和尚，不免有些好奇，偷

你比别人的高贵之处在于，你有一个
纯净而美好的灵魂

偷瞄了他一眼。那一眼，真是惊鸿一瞥。我不禁惊叹“剑眉星目”这个词的精准。身着素净的青衣布鞋的少年和尚，五官明朗如星辰，两道剑眉如画卷里精心描绘的杰作，两颗眸子如星光闪动，自然微闭的双唇不带任何属于这个世界的感情色彩。最动人的是，他刚做了一件好事，却不觉得自己做了好事，他与这个世界的喧嚣虚浮格格不入，丝毫不受周围的干扰，自顾自轻轻闭上了双眼，脸上的平静令人想起一支圣洁的赞歌。看着那张脸，我顿时觉得这世间的烦恼与喧嚣纷纷退去，浮躁的心也平静下来，不由自主地露出了微笑。

那一瞬，我明白了什么是真正的高贵。

高贵，从来就不是流于表面的虚华，装模作样的架势，自以为高人一等的骄矜，更不是职业上的所谓“高级”。事实上，高贵与金钱、地位并没有必然联系。高贵是精神层面的，灵魂与道德品行的高尚与尊贵。

几年前拍戏的时候，我认识了一名群众演员。那是一个四五十岁的大叔，脸上厚重的风霜，使他过早地显出了老态。

原本也没注意到他的，吃完饭，我在片场闲逛，看见一个男人穿着戏服蹲在墙角，把盒饭里的饭菜分出一部分，装在他自己带的一只碗里，然后，才吃掉剩下的饭菜。狼吞虎咽，几口就扒完了，很显然是没有吃饱的。

我憋不住心中的好奇，走过去问他，为什么要把饭留下。他见是我，拘束又紧张，本来不打算说的，可能又觉得不礼貌，犹豫了一下，还是说了：“留给家里的孩子。”

我很惊讶。从某种程度上说，平顺的生活限制了我的想象力，我以为，在当今社会，吃饱穿暖已经是最基本的生存状态了，居然还有人需要把自己的饭留下一部分给孩子。他们家，到底是有多困难啊！

我没好意思直接问他，怕他难堪，只好走了。

收工后，我跟其他工作人员一起吃晚饭，闲聊起这事。其中一个工作人员说：“哦，那人啊，我知道。”一群跟我一样没见过世面的人，都竖起耳朵听他讲。

原来，那男人家里有四个孩子，都只有十几岁，还在上学。但四个孩子并不都是他的，其中两个，是他从隔壁捡来的。据说，隔壁的夫妻出车祸去世，肇事司机也逃走了，留下一双儿女，再没别的亲人。那两个孩子先是隔三岔五地来男人家蹭饭，后来他们租住的房子到期了，兄妹俩无依无靠，男人心一软，收留了他们。从此，他不但要负担孩子们的衣食，还要供他们上学，本来就贫困的家庭，彻底穷得叮当响。幸好，有人给他介绍了群演的活，他经常利用给人卸货的间隙，来赚点外快。

有人建议过他，别再让孩子们上学了，至少人家那两个孩子可以不上了。他为难地说："可是，这几个孩子成绩都很好，不上学太可惜了。再说，他们还小，能干得动啥啊！"于是，他继续节衣缩食，供着孩子们上学。

我想，在很多人眼里，成绩好和年纪小都算不得什么无可辩驳的道理，在他那里却成为他说服自己的理由，不过是因为，他把孩子看得比自己重要，情愿自己辛苦，不愿委屈孩子罢了。把自己的孩子看得比自己重要，算不得什么，绝大部分的父母都能做到。可是，把别人的孩子看得比自己重要，却真的可以称作伟大了。他固然贫穷，渺小，可能终其一生都要在贫困的生活中挣扎，灵魂却是无比的高贵。

他的生活好似只有在电影里才能看到，但确确实实存在于这个真实的世界。谁说高贵就一定是地位的显赫、经济的富足呢？真正的高贵，从来无关金钱。一个人若心地善良，灵魂纯净，即使一贫如洗，即使身无长物，即使地位卑微，也是高贵的。相反，一个人若灵魂丑恶，睚眦必报，即使坐拥金山银山，走上所谓的"人生巅峰"，也不能称作高贵啊！

没有好人品，哪来高情商

有一次在家吃饭，老妹突然说起去看“五月天”演唱会的见闻。据说，最后一首歌唱完后，粉丝死活不肯放人，齐声大喊：“加班，加班！”盛情难却，五月天又唱了两首歌，在唱到第三首的时候，阿信突然说：“我在舞台上处于黑暗之处，发现有一个荧光棒很特别，和你们的都不一样。那个荧光棒是红色的，一直没有变色。我定睛一看，才发现那个是指挥棒（现场安保人员拿的那种）。”大家以为他开玩笑活跃气氛，都笑了。他接着说：“我不确定他们愿不愿意陪我加班。天气这么冷，感谢这些安保人员，谢谢他们在这里陪着五月天。希望他们赶快回家洗个热水澡。”然后他还说了一些感谢的话。粉丝们听了，都不好意思再坚持，演唱会愉快地结束。

我妈忍不住赞叹说：“这孩子真会说话！”我加一句：“嗯，情商太高了！”

一直低头对付食物、没说话的老潘，突然来了一句："哪来的情商高，不过是人品好，懂得体谅人。"

我们三个一听，纷纷拍马屁，为老潘的语出惊人叫好。

仔细一想，可不是这么回事。他们完全可以找出一百个理由来婉拒歌迷，又何必抬出安保来？能说出那样一番话，如果没有细心的观察、真诚的体谅，又怎么可能？

所以老潘一语中的：不是情商高，是人品好。

情商高的人，只不过是凡事愿意从别人的角度考虑一下，从各方面理智权衡一下，用正直、坦荡、善意的言行待人处事。

因此，高情商的前提是人品好。

人品好的人，似乎都具有这几个特点：

第一，说话让人舒服。

人品好的人，心比一般人更柔软，懂得体谅别人，不愿意让人难堪，更不会为逞口舌之利而口不择言。因此，他们说话的时候，不但语气平和温暖，委婉含蓄，连说的内容也是经过思量，该说的尽量说得让人心里舒服，不该说的宁愿保持沉默也坚决不说。他们未必都是饱学之士，但大概都懂得"良言一句三冬暖，恶语伤人六月寒"的道理，才对说出口的话那么慎重。

比如，圈内出了名的高情商人士何炅老师，就因为说话温暖善意，经常为他人救场补漏，被网友评价为：平常人长了一张嘴，何老师的嘴上还长了一个脑子。我觉得这还不够，在我看来，何老师那长在嘴上的脑子里，还长了一颗柔软的心。

而人品不好的人，说话只顾横冲直撞，图一时口快心爽，根本不考虑别人的感受，又怎么会再三衡量哪句话中听，哪句话逆耳？有些人甚至以刻薄为荣，拿自己的尖牙利齿当武器，一言不合就朝人发动攻击，通过这种方式来刷存在感。这样的人，简直就是一个移动的火药库。存在感的确很强，问题是谁敢靠近啊！

同样一番话，人品好的人说出来让人感到舒适又不会觉得虚伪，令人如沐春风，因此显得情商高；人品不好的人说出来，自动带刺，让人如鲠在喉，哪怕真有几分好意，那好意也让人难以消受，这样的人在别人心中，自然成了低情商的代言人。

第二，不损人利己。

有人说，所谓高情商，就是在保护自身利益的前提下，也不会让别人觉得不舒服。

保护自己的利益，是每个人的权利，无可厚非。但如果通过损害别人的利益来保护自己的利益，那就不是情商低，而是人品差了。相信谁也不会喜欢这样的人，大家都会敬而远之。

就算讨了一时的便宜，也不可能次次都那么好运。

为一点眼前的利益丢了人品，丢了名声，可能一辈子都翻不了盘，这种人，活得最功利，最愚蠢。

第三，懂得控制自己的情绪。

谁都有负面情绪。假如负面情绪仅仅局限在自己心里，那顶多是为难自己。怕就怕，有人带着负面情绪满世界撒泼，不管不顾地殃及别人。

我以前认识一个人，一生气逮着谁都发火，有次我倒霉地撞到枪口上，以后再也没跟他来往过。

何炅曾说：没有生气不一定代表没有负面的情绪，能够不将负面的情绪带给他人，才是真正的修养。

心理学家说，生气就像慢性毒药，会严重影响人的身心健康。那些随意冲别人生气，把坏情绪丢给别人的人，和投毒杀人有什么区别？

因此，高情商的人，既不会将负面情绪留在心里，也不会随便丢向别人，而是动用智慧去妥善处理。

总之，没有好人品，哪来的高情商？那些说话中听、做事靠谱、为人和善的人，不过是懂得体谅别人、疼惜别人、成全别人罢了。

那些神采飞扬的人，内心都住着自信

香港文坛大名鼎鼎的才女李碧华曾说过这样一句话：“爱到最高点，你也要自立。自己不立，谁来立你？”

她所谓的自立，我的理解是，自信加自强。自信的人，才有能力自强；自强的人，才有资本自信。那些自信又自强的人，总是神采飞扬，浑身发光。

我的朋友 Lily，已婚少女，外貌不算出众，站在人群里，却总是让人难以忽略。她时尚、漂亮，永远神采奕奕，与周围那些妈妈级的已婚女子很不一样。她喜欢开玩笑，不见得没有烦恼，也不是没有脾气，但她不叹气，不乱发脾气，不让负面情绪扩散。她我行我素，对别人的评论和白眼淡淡一笑，不入耳，不入眼，更不入心。

这样的女子，在女人堆中，通常是不太受欢迎的。一个活得太张扬、太美丽的女子，对于那些不甘平庸却无法光彩四射

没有自信的女人，
再漂亮的外表，
也只是皮囊

的女人来说，是异类，也是威胁。但她丝毫不受影响。她买最新款的衣服，漂亮的鞋子，喜爱的香水，钱不够用就努力工作，赚更多的钱，再开心地花出去。

当然，她的追求不仅仅停留在物质层面。她每年至少学习一项新东西，绘画、音乐、跳舞，都拿得出手，有时候在朋友圈发一篇随笔，文笔也是让人服气的。

我欣赏这样的女子。她对于生活、对于美的那股热情和投入，那股子狠命鞭策着自己往前奔跑的自强，是很多女人所缺乏的。太多的女人在抱怨自己的生活，为自己老去的容颜担忧和叹息，为自己天生不够美而遗憾，却从来不曾想过：没人能阻挡你变得更美，只是你自己从来不曾在行动上做出过努力。你只是哀叹自己的渺小，却从不要求自己变得更强大。

是的，容貌是天生的，不能改变。但一个人的精神状态却是自己给的，你可以让自己黯淡无光，也能使自己光彩照人。你无法与别人比美，却可以让今天的自己比昨天美，你永远可以通过努力去超越自己。

岁月固然无情，却并非坚不可摧的绝对强敌，我亲眼见过很多女人仔细保养自己，穿得年轻，活得也年轻，硬是从岁月手上赢过一大把青春的筹码。我们可能终将老去，但我们完全有能力让自己老得慢一点，美得久一点，不是吗？

那些光彩照人的女子们的美，并不仅仅是停留在表面的装扮上。对于一个女人来说，脸上的神采才是她最具有魅力的“装扮”，否则，再漂亮的外表，也只是皮囊而已。

那种神采是什么呢？是一份对自己能力的自信，这种能力与老公挣多少钱无关，与婆家娘家的家境无关，而是来自女人本身的生存能力、工作能力；是一份对生活的热情，这种热情不一定没有烦恼和忧伤，也不是狂热地追求物质，而是坦然面对生活中的平顺与坎坷，享受却不迷恋物质；是一份对幸福的坚定，这种幸福不应该依赖于男人和家庭，也不绝对依托于金钱，它应该是相对独立的、不以他人对你的方式为条件的幸福，也只有这样的幸福，才是稳定的、坚固的。

当你拥有了这些，你的内心会变得安稳、笃定、强大、宽容，你不会再整天抱怨自己的遭遇，不会妒忌活得比你漂亮的女人，不会羡慕别人的身材、容貌和穿着打扮，更无须炫耀你的幸福。你平和却不平淡，理智却不冷漠，坚持原则但不咄咄逼人，虽非花枝招展但是光彩照人。

自信的人，注定神采飞扬。

真正的好人缘，是随和而不随便

有一次，我和我妹出去吃饭。旁边的一对情侣食客突然吵了起来。

女的说："随便随便，你每次只知道说这句话，烦死了！"语气透着浓浓的愤怒。

男的说："可是我真的无所谓啊，你决定好了。"男的倒也不躁，但他这样的态度显然无异于火上浇油。女的突然站起来，提着包"咚咚咚"地走了，留下一脸茫然的男人。

我和我妹对视了一眼，然后，默默地看着眼前满满的一桌子菜，再默默地对视了一眼，低下头各自愉快地吃起来。

之前，我们点菜的时候，根本没有商量要吃什么，而是各自捧着一本菜单，刷刷地，把自己想吃的都点了。这是我们长期以来的默契。在吃这件事上，我们从不随便，更不会用"随便"这个词来敷衍自己，让对方为难。

记得之前有个报道，美国纽约一所调研所对成年公民进行“最令美国人反感的词汇”票选活动，结果显示“whatever（随便）”一词以47%的得票率位居首位。随之，中国网民也对此产生了热议，而评选出来的日常生活中最令人讨厌的词汇同样是“随便”。

这个词得票率那么高，实在一点也不冤枉。

人类的语言里，真的满满都是套路。“随便”两个字，看起来不扎眼，却很扎心，不知道难死了多少阅读理解能力还停留在地平线上的人。尤其有些别扭的人，他们说“随便”的时候，其实并不是随便，而且是非常不随便。

不随便，不仅仅是一句话，而是一种态度。

不管什么情况下，漫不经心地说出“随便”，光是这种态度就足以让人生气、厌恶。这个看似很随和的回答，给对方的感受却是：参与某件事时不够投入，不够重视对方，我如此真诚你却这么敷衍。

所以，“随便”二字，轻易说不得。

我的骨子里流着东北人民的血脉，自然也是东北人民的性情，喜欢直来直去，说话简单明了。我最怕人家误解我的意思，关键是，说话弯弯绕绕的，我自己觉得累得慌。

仗着这样的性格，我人缘还不赖，大部分人对我的评价都是，我这人挺随和的，没什么脾气。

我对自己有一条严格的规定，就是不允许自己做伤害别人的事，不管是有意还是无意，无论有什么样的理由，无论对谁。伤害就是伤害，不需要计较程度，不需要选择对象，不需要找任何理由。人不是菩萨，会犯错。但是，正因为如此，才不能轻易伤害别人，因为别人也会痛。没人能够淡然地面对伤害，在一颗心上划下一刀的同时，就给这个世界增添了一道伤口，谁也不知道在以后的时光里，还有没有机会亲自去修复那道伤口，更不知道这个带着伤口的人会不会再去伤害别人，所以，最好的办法就是管好自己的锐利，对人随和，态度柔软，尽量与人为善。

但我绝不随便，该坚持原则的时候，一定会坚持原则。

有一次录新歌，录音师是新面孔，可能那天遇到什么事，有些心不在焉。果然，我声情并茂地唱完第一遍之后，录音师发现，设备连接出错！重头来过，再录一遍，效果还是不好，哦，原来空调抽风机开着忘记关，混进了杂音。第三遍，又出了点状况……我其实唱得挺累的，嗓子有些不舒服，但是又不愿意将就，还是微笑着请录音师再帮我录一遍。录音师见我态度很坚决，也打起精神，最终，我们顺利地完成了录音。

事后，录音师向我道歉，觉得是自己的状态影响了我的发挥。我也很诚恳地承认，我自己的状态也不够好，不能把责任都推到他身上。况且，最后也皆大欢喜。我坦言，事情如果重头来过，我还是会坚持做到最好。

在平时，无伤大雅的事情上，我尽量随和。但是，对待工作，我还是坚持我的原则——随和而不随便。

结果，因为这件事，录音师和我成了朋友，他说，他喜欢我对人的随和，更喜欢我对待工作不随便的态度，跟这样的人合作，即使辛苦一点，也很开心，因为可以把自己逼到最投入的状态，发挥出自己的最佳水平。再后来合作时，在录音师的严厉“逼迫”下，我居然超水平发挥。

可见，该认真的事还是不要随便的好，一随便，效果就会打折扣。

其实，“随便”二字，除了有别于字面意思的不随便、不洒脱，还透露出冷漠、胆小怕事、害怕选择、毫无主见等心理。这种人自然不会受到人们的欢迎。人们之所以对“随便”的态度那么反感，就是因为人类需要借助交流来摩擦出思维、感情的火花。在别人渴望真诚地表达与人交流、沟通的意愿时，你一个轻飘飘的“随便”，将那条通道给阻隔了，让对方情何以堪？谁又会喜欢同这样一个拒绝交流的人来往呢？反而是那些随和而不随便的人，在坚持原则的前提下，依然拥有好人缘。

不打扰，也是一种优雅

说到打扰，怕是要勾起很多人的满腹牢骚。

可能大家都感觉到，很多时候自己生活在一个人与人之间特别没有界限感的国度。代与代之间，不懂得互相尊重，父母随意干涉孩子的人生，孩子过度地依赖父母，爷爷奶奶对儿子媳妇指手画脚；朋友亲友邻居之间，不懂得保持距离，我对你的事情指手画脚，我对你的做法随意评价；恋人之间，不懂得留白，微信、微博、QQ、电话，通通上阵，随时联系，恨不得把对方装进自己的口袋，有的人甚至要求对方为自己二十四小时待机，最好把每一天的行程都打成报告单。

人与人之间，没有界限，真的是一件挺让人崩溃的事情。成年人之间，最忌讳的，也是没有界限感，太不把自己当外人。不把自己当外人，就会毫不客气地打扰别人。但其实，不打扰别人，是做人最基本的分寸。没有了这个分寸，你可能会成为

别人的人生，还是让别人自己
去经历吧

令人讨厌的、想敬而远之的人。

不打扰别人，就要做到有困难尽量自己解决，不要动不动把烂摊子甩给别人，哪怕你觉得别人帮你只是举手之劳。举手之劳是人家的谦辞，你毫不客气地拿来用，算是怎么回事！况且，你永远不知道，别人正被什么样的问题困扰，你的打扰，说不定恰好给人乱上添乱，堵上添堵。

不打扰别人，就是不要干涉别人的人生。

孟子说："人之患在好为人师。"意思是说，人的毛病在于喜欢做别人的老师。可不是嘛，这样的人无处不在，在谁面前都是一副人生导师的样子，动不动就拿自认为正确的三观挽救别人。如果别人不按照他的指示去做，那就再搬出那句贯穿古今、令人闻风丧胆的名言——"不听老人言，吃亏在眼前"。泰山压顶，看你听不听！

唉，累不累啊，烦不烦哪！我觉得吧，人还是应该有些自知之明。别人的人生，还是让别人自己去经历，去选择，即使犯错，也是别人的权利，不要剥夺别人体验人生、知错而改的权利，即使那人是你的儿女。

不能打扰的，还包括别人的幸福。

人永远不要用自己的标准去评判别人的生活，不要拿自己与别人对比，摆出人生赢家的姿态怜悯别人。“子非鱼，安知鱼之乐？”幸福的标准不是只有一个，世间的人千千万，各有各的幸福；快乐的定义也并非得到和欢笑，有时候，付出并为之流泪，也是一种快乐。

我有个爱书成痴的朋友，只要有空，总会去她家附近的一个书店泡着。点一杯咖啡，挑上一两本好书，静静地消磨一个下午。她说，在书店读书跟在家里读书的感觉不一样。书店虽然没家里安静，可是家里也没有书店那股独特的书香味。她迷恋那种静静地沉浸在书香味中的感觉。

可是最近的一段时间，她都不再去那家书店。我开玩笑问她：“书香味闻饱了？”

“什么呀，被人味熏饱了！”语气既气愤又无奈。

原来，她因为经常去那家书店，就被一群人注意到了。那群人自发组织了一个读书会，成员太过热情，非要拉着我朋友加入。朋友婉拒了好几次，但每次看到我朋友出现在书店，他们还是跑过去继续热情邀请，还强迫她加入他们对某本书的讨论中。

朋友本来就性子冷清，加之认为读书是一件非常独立的事，那帮人的热情，活生生变成了打扰。当拒绝不了这种打扰的时候，她只好逃走。

“可惜啊，失去了一个读书的好地方！”朋友不无遗憾地说。

生活中，这样的打扰好像还蛮多的。

坐飞机去某个地方，想在旅途上补个觉，邻座非拉着你从孩子的尿布扯到国家的教育制度。

乘火车去旅游，沿途的风景美到飞起来，正是单手托腮装文艺女青年的大好时机，邻座的大妈一会儿问你去哪，一会儿问你结婚了没，一会儿又问你一个月工资多少。

好好地在家睡着午觉，手机响了，模模糊糊地接起来，却传来貌似礼貌热情的声音：“您好，我是 ×× 售楼处，请问您最近考虑买房子吗？”

再也睡不着了，打开朋友圈，本想看看狐朋狗友们的热闹，却被满屏的微商产品晃花了眼。

……

可是，我们有没有想过，在生活中，也许自己也有不经意地打扰到别人的时候呢？不管是伤筋动骨的打扰，还是让人微感不悦的小叨扰，既然“己所不欲”，那就“勿施于人”吧！

毕竟，不打扰，是一种体贴，一种尊重，也是一种优雅。

一路风尘一路光

所谓温暖，大概是做一个内心有光的人。

这个世界的残酷在于，生活不时会对我们施以风霜，有时候是小困难，有时候是大坎坷，有时候是撕心裂肺的痛苦和折磨。人生这条路啊，既有美景、欢乐、收获，也有仆仆风尘，羁旅疲惫。

可是，我们还是要做一个内心有光的人。

我总是被一些人吸引。总结了一下，我发现，这类人其实都有共同的特质——明亮的眼神、明媚的笑脸，他们会在不经意间通过一个小小的举动让人心头一暖。每次遇到这样的人，即使对方并没有优秀到满身光环，我也总能感觉到他们在发光，从内心散发出来的、自然而柔和的光。

这些人，就是内心有光的人。内心有光的人，永远像孩子。

小孩子的心，都是发光体。他们目光清澈，声音嘹亮，心里的想法特别简单，成人世界的那一套虚伪、复杂、钩心斗角，他们完全不懂。在他们眼中，世界就像一个童话，人人都是“好人”，骗子是不存在的，坏人一定会被英雄消灭……

这是一种对“善”的执着，一种温暖的情意。

有了这样一份对“善”的执着以及温暖的情意，你就会像小孩子一样，心里有了光。

我有个朋友阿浚，平时的他看上去温温吞吞的，毫无光芒。可是，跟他相处久了，就会情不自禁地觉得，他就是那种会发光的人。

阿浚刚进大学的时候，班主任让大家填写一份个人资料，里面包括体育强项。室友偷偷告诉他，千万别填运动会上有的项目，不然以后运动会就会被强迫参加。阿浚看了一眼室友的表格，体育强项那一栏居然写着“吊钢丝”“吹气球”“劈砖”。太丧心病狂了！于是，阿浚填的是慢跑。他确实只能慢跑，八百米以内，及格边缘。

到了校运会的时候，班上果然没几个人报名。班主任动员完了男生又动员女生，还是没人肯参加。最后，阿浚一咬牙，报了个一千五百米长跑。他是个胖子，体育真的不是他的强项。到了比赛的时候，阿浚为了不给班级丢脸，咬着牙拼命跑，都把自己给跑吐了也没放弃，终于得到了倒数第一名。阿浚特别愧疚，觉得自己给班级丢脸了。但大家都知道，阿浚为了不让自己的班级出现无人报名参加的现象，明知自己不擅长跑步还报名参加，他的努力坚持深深地感动了大家，再加上他乐于付出的精神，同学们看这个胖子的眼神，仿佛在看发光体。

工作后，有一次阿浚的公司要派一个技术员到合作公司去解决技术难题。这不是个好差事，而且合作公司在偏远地区，一去就是两三个月，谁也受不了。大家都找各种理由推脱，阿浚找不到理由，主要是他受不了主管那可怜巴巴的眼神。最后，还是他去了。

为了不让别人为难，阿浚一次又一次“为难”自己，这就是温暖的情意，这就是光。

内心有光的人，也是一个极其专注的人。

专注认真的人，总是埋头做自己的事，没有没完没了的牢骚，没有毫无意义的争执，甚至没有多余的话语。他们积极，努力，却又低调，内敛，他们不出风头，却自带光芒。那光芒，是从他们的内心散发出来的。

那一道道光，有对理想的执着，有对工作的投入，有对生活的热爱。那光，能点亮人生，使自己目标明确；那光，能鼓舞旁人，让迷路的人受到启发；那光，能照亮世界，甚至改变人类的历史。

还是阿浚的故事。

他代表公司去了大家都不愿意去的偏远地区解决问题，到了之后才发现，那地方的环境比想象的可怕多了。但他想，既然去了，就不能给公司丢人。然后，他埋头苦干了几个月，不但成功解决了问题，也让公司高层发现了他的闪光点：踏实，肯干，技术扎实。当同事们都在庆幸自己没去的时候，新的调令下来了，总公司直接把阿浚调到了总部的研发部门，那可是公司的核心部门啊。于是，阿浚的月薪直接涨了十倍。而且，公司还破例给阿浚放了一个月假。

会发光的人，他们的共同点不是有多么优秀，多么炫酷，而是内心温暖，愿意为别人着想，愿意尽力付出，他们的心头默默悬着一个太阳，不追求光芒万丈，却不经意地照亮了别人。

内心有光，也是一个勇敢的人。

内心的那个自己，也许受了点伤，心里有几许破碎，有时候会脆弱，会悲伤地哭泣，但依然敢于去闯世界，依然用心缝补自己和别人内心的碎片，用自己的付出让身边的人更幸福。

内心的那个自己，也许年龄已经不小，心却还不够成熟，偶尔会很任性，会想躲进某个人的怀里放肆哭泣。这样的自己，或许常常被人挑毛病，还是应该坚定不移地爱自己，即使偶尔怀疑、自责、自省，也是为了让自己变得更好，走得更稳。

人总是要长大的，会变成熟，往往就在某个瞬间，我们清晰地看到了那个完整的自己，然后真正明白了自己的心。生命在这样的过程中，付出，收获，痛苦，快乐。一颗心，在生活里慢慢打磨，得到完善，直到变成温润的玉。

这样的自己，因为勇敢而散发出光芒。

我们要做一个珍惜光芒的人，让内心的光恒久而明亮。

内心有光的人也会疲惫，会偶尔迷茫，受点小伤，会遭遇挫折，被迫停下脚步。但他身上的光芒并不会因此削弱。不但没有削弱，相反，等他蓄积了足够的力量，再次爆发，他身上的光芒会更加耀眼，分外灿烂。

因为，他懂得珍惜自己身上的光芒，即使在暗夜最黑处，人生最低谷，他也不曾放弃自己的坚守，不曾对困难缴械投降。他继续上路，不让忧伤跟随，不受俗念拖累，不被恶意所伤。他有自己的目的地要去，哪怕夜色苍茫，哪怕一路风霜，哪怕行路艰难。

其实，这世间，无论哪个角落，无论哪个时空，有魅力的人，基本都长这样：内心有温情，手心有温度，胸中有宽厚，脸上有笑容。他们都是会发光的人，他们心中都悬着一个太阳，他们是我们生命中不可或缺的暖意。

亲爱的：人生路上，我要你自爱，但不是自怜；我要你自信，但不是自大；我要你单纯，但不是简单；我要你淡定，但不是无为；我要你成熟，但不是沧桑；我要你优雅从容，但不是流于表面；我要你善良，但不是好坏不分；我要你宽容，但不是任人欺凌；我要你好好的，从心灵到外表，从思想到言语，从灵魂到身体，从今天到明天，到未来的每一天，生命不止，你不停歇。

人生，就是一路风尘一路光，但，请别让风尘迷了眼，蒙了心，掩盖了斗志，挡住了去路。人生，只有受得住一路风尘，才留得住一身光芒。

世界很精彩，你要多看看

也许是水瓶座的缘故，我好像一直是个挺随意的人。在大学时期便独自背包去旅行，带张地图在陌生的城市大街小巷地窜，不结伴，不害怕，走累了高跟鞋一脱，拎着鞋子赤脚走，全然忘记要去观察一下旁人的眼神。是的，我喜欢这种感觉——独自行走在陌生的地方，陌生的人群里，做最随意的自己，没有一点点的矫作和顾虑。

离开的时候，不是从来没有半点留恋，只是，人生有些时候，注定与他人匆匆相交便要分道，于是越来越懒得去徘徊缠绵徒增伤感。既然注定是过客，那么，能带走的就带走，带不走的，唯有放下。可是，放下并不等同于抛弃，也不等同于忘记。这一路上，走过的路，遇见的人，看过的风景，总会在心里留下深深浅浅的痕迹，冷的，暖的，疼的，爱的，他们不动声色地丰盈着我的生命。

我平生最爱，除了唱歌，就是旅行了。我所理解的旅行，与旅游有着本质的区别。

旅游是到一个地方游览，专选出名的景点，然后走马观花匆匆过一遍，重点在拍照、发朋友圈、购物，然后完成任务似的回程。

旅行是什么呢？旅行是只带简单的行李和自己，到陌生的地方，做体验式的行走。不管热闹还是冷清，无论繁华还是萧索，你并不做太多的参与；只是细心地聆听，温柔地观看，冷静地思考；只是用自己的心静静地体会，默默地感受；只是轻轻地走过，不带来纷扰，不带走云彩。

但是，当你走过，看过，听过，想过，一切的一切，已经入了你的心，成为你灵魂里的一部分，哪怕只是很小很小的一部分。它们会潜伏在你心灵深处的某个地方，厚重你的人生积淀。

旅行的另一个意义在于将自己流放，流放到陌生的地方、陌生的人群中。在这样的地方，你是完全自由的，无牵无挂的，无所顾忌的，在这样的状态下，你的心灵才能从肉体和尘世的禁锢中挣脱出来，自由地飞翔。

我更喜欢行走的感觉。也许我们的猿类祖先在几十万年前不辞艰辛地将四肢演化，把自己变成能够独立行走的人，就是因为向往天空和前方吧！谁也不知道前方有什么，但正因为如此，前方才更加充满神秘的诱惑，日夜不歇地召唤着躁动的灵魂。

我是宅和野的两极。平日里足不出户，安然在家喝喝咖啡，看看电影，读读书，从来不会感到寂寞。然而，一旦想出门了，就无论如何也抑制不住那颗要奔向远方的心，满眼都是一只手在向我招摇，满脑子旋转着一句话：走吧，去远行！

我是一个连旅行都没有计划的人，内心的召唤什么时候出现了，就想背着包出发。我才不去打听前路的艰险与奇妙，艰险会被克服，奇妙会自动出现，只要带上心去看就好。在我的内心，没有什么非去不可的景点，也没有丝毫不值得欣赏的角落，这世间，但凡落入眼帘之处，皆是美妙绝伦的奇观。所以我去旅行时基本不跟团，就自己乱走，随意地看，静静地行走，时有微笑，时有感叹，时有得以与自己的心灵安静对话的欣喜与安宁。这样的旅途，又怎么会寂寞？当你的世界安静得只剩下自己的时候，你才会真正知己所得、知己所乐。

人活在尘世里，不管是幸福还是苦难，不论是快乐还是忧愁，最起码应该给自己那么几次机会，放自己去流浪，带自己自由行走。不念过往，不虑前程，不计物质，不纠情感，只是洒脱地往前走，随意地四处看，让心静下来。

静下来，才能看见自己。看见了自己，才知道自己要什么。知道自己要什么，才会有目标。有了目标，才不会迷路，才能更好地行走。

所以，我想去旅行，随意地行走，安静地思考，然后回来，然后走得更远，飞得更高。世界很大，你决不应该被地平线限制了视野；世界也很精彩，你决不应该被见识限制了想象。当你用脚一步步丈量土地时，心灵也在一寸寸地前行。于是，这路上的风景、人生的旅途，渐渐有了别样的动人之处，渐渐地精彩纷呈。

当你用脚一步步丈量土地时，心灵也在一寸寸地前行

因为爱你，我愿成为更好的自己

台湾著名作家三毛在散文《一生的战役》中写道："我一生的悲哀，并不是要赚得全世界，而是要请你欣赏我。"

这个"你"是她的父亲。

父亲读了她的文章后，给她留了张字条："深为感动，深为有这样一株小草而骄傲。"

三毛看到后，眼泪夺眶而出。她写道："等你这一句话，等了一生一世，只等你——我的父亲，亲口说出来，扫去了我在这个家庭用一辈子消除不掉的自卑和心虚。"

三毛的感触，恰恰也是我内心所想。

我不是天生就那么乐观自信的，一度也有深藏在内心的自卑和心虚。我以前甚至想过，老潘对我的"不关注"，是不是因为我不够优秀，不足以让他为我感到骄傲。

这些深深浅浅的心事，藏在我内心好多年，无处倾诉，找不到出口。

直到2008年，我推出个人首张专辑《大道理》。第一次做发布会，我心里多少有些紧张。况且，老潘破天荒地特别“关注”我，请来了一众好友为我助阵。上台前，我紧张到了极点，偶尔大脑一片空白，偶尔手心里忽冷忽热。我心想，完了完了，我肯定要搞砸了！

在这兵荒马乱的节骨眼，亮到刺眼的灯光下，我突然扫到了老潘注视着我的眼睛，表情依旧是他平日里的严肃，只是他眼神里的镇定，让我突然也镇定下来。他好像在对我说：“加油姑娘，你能行的！”虽然这很有可能是我的内心想象，但我心里那只鼓总算消停了一些。

在台上唱完一首歌，我向台下望去。老潘坐在台下，不动声色，从他的表情里，我看不出他对我的表现是否满意。但我又似乎从他略微上扬的嘴角瞄到了一丝端倪。他应该是满意的吧？

很奇怪，他不是评委，甚至不是严格意义上的听众，但我心里最在乎的却是他的评价。没错，我努力成为更好的自己，其实，也是想成为他更好的女儿，成为他最大的骄傲。

为此，我愿意去努力，愿意去流汗，愿意去面对可能遭受的挫折，愿意一生马不停蹄往前奔跑。

后来，有了儿子小石头，我也没有懈怠。我努力工作，斗志昂扬，因为这个世界上，多了一个让我甘愿为之成为更好的自己的人。

自从当上小石头的妈，我突然变得“贪心”，不论是物质还是精神，都想要更好的。我想做更好的演员，想唱出更动人的歌，想遇见更优秀的人，看更美的风景，成为眼界更加开阔、更具胆识魄力的人。因为，我害怕有一天，我成为他的天花板。

当然，任何事都有取舍得失。工作一来，时间无可避免要被瓜分，分在小石头身上的比例会下降。我有时候出门工作一两个月才回家，尽管中途会安排他去探班，相处的时间毕竟有限，难免错过他成长的一些小片段。比如，他突然会说一些惊人之语了，惊得我无言以对；他能够用乐高搭出结构复杂的房子了，让我自叹不如；他会在爸爸咳嗽的时候颤颤巍巍给他端一杯水了，令人心头一暖。这些，都是我不在家的那些日子，他独自完成的成长。作为妈妈，缺席了孩子成长的一些瞬间，若说全无遗憾肯定是假的。但人生有些时候就是这样，你不可能兼顾所有，坐拥一切。任何事情之间，都难以有绝对的平衡，身为女人，在孩子和事业之间，几乎不可能有完美的两全法。

但我不会因此而放弃自我成长。我坚信，只有成为更优秀的自己，才能成为更优秀的妈妈，只有先实现自我价值，才能使“母亲”这个角色变得更有价值。我希望有一天，当我以小石头为傲时，他也能以我为傲，我觉得这是最好的育儿方法，比啰哩啰唆的大道理有效千百倍。

成为更好的自己，就是我爱他们的方式。

Part three

有种

世间的勇者，都是一边含着泪擦汗一边带着笑奔跑的人。不要惊慌失措，不要呼天抢地，总有一天，你会站在自己想到达的地方。

世间的勇者，都是含着泪奔跑的人

杨绛先生在《看天下》节目的采访中说了这样一段感言：我觉得在艰难忧患中最能依恃的品质，是肯吃苦。因为艰苦孕育智慧；没有经过艰难困苦，不知道人生的道路多么坎坷。有了亲身经验，才能变得聪明能干。

杨绛先生是钱锺书的妻子，同时，她自己也是百年难遇的才女，身兼著名女作家、文学翻译家和外国文学研究家数个耀眼的身份，是国内少数几位当得起“先生”这一称谓的女性。但最引人注目的不是她外在的这些成就，而是她强大的内心。她生活在特殊的年代，作为特殊的群体，一生历经的风浪与波折，非常人能承受。但内心强大的她，不但熬过了那些岁月，还始终自带光芒，充满理性，又总能给人以温暖和感动。

抗战时期，举目皆是灾难，她不是看不见，也不是不苦，可她偏偏写喜剧，以笑声来对抗满世界的苦难。

中华人民共和国成立后，在那场特殊的“革命”中，她又遭遇抄家、批斗、羞辱，身体和精神遭受双重折磨，她不屈不挠，不肯屈首做普通农妇，白天从事体力劳动的间隙，不是看书就是写东西，将所有的心绪藏进心里，一派风平浪静，从容优雅。她的同伴回忆说：“你看不出她忧郁或悲愤，总是笑嘻嘻的。”

她一生在战火、疾病、政治风暴、生离死别中起起落落，历尽沧桑，恐惧、忧患和痛苦自然不断侵袭着她。只是，她不惧不怕，兵来将挡，水来土掩，始终以积极乐观的姿态面对磨难，勇敢地向着生活的光明之处奔跑。

她是世间难得一见的勇者。世间的勇者，都是一边含着泪一边带着笑奔跑的人。

我拍戏的这些年，常在片场见到很拼的前辈。他们不用替身，不找借口，不多废话。寒冬腊月，导演一声令下，就往水里跳；烈日酷暑，穿得里三层外三层，汗流浃背还表现得特别“寒冷”；别人看着腿发软的高墙，说爬就爬；高大魁梧的马，骑上就跑……

他们难道没有一点恐惧吗？冻了热了不难受吗？磕了碰了摔了，不疼吗？都是肉体凡胎，怎么可能不惧不疼！他们不是铜墙铁壁，没有金刚罩护体，一定也怕、也疼、也难受的。只不过，他们都是世间的勇者，再苦再疼再怕，也咬着牙含着泪往前冲罢了。

观众能够看到的、想看到的，是他们耀眼的光环，光鲜亮丽的一面，至于这背后的辛酸和眼泪，只有他们自己明白。他们用帅气或美丽的笑掩盖一切，心内冷暖自知。

我在山东拍戏的时候，也吃了些苦头。拍一场冲锋陷阵的戏时，作为“连长”的我带领“战士们”往一个山坡下冲。为了确保画面效果，自然是不能提前清理道路的。山坡上杂草丛生，树枝零星地掉落，山势陡滑，没有路可挑，只能举着道具枪以很快的速度冲锋。我冲在最前面，正一脸奋勇坚毅之时，不留神脚下一滑，摔了个跟头。后面的“战士”同样也在以很快的速度“冲锋”，一时刹不住脚，扑的扑，踩的踩，全招呼到我身上来了。

哎哟我的那个疼！关键是，手指还拗到了，钻心地疼。虽然剧组马上采取了治疗措施，但疗伤归疗伤，疼还是疼啊。怎么办呢？“轻伤不下火线”，总不能因为这一点点伤让整个剧组停工吧？我拍拍一身土，咬咬牙，继续拍。后来，手指断断续续疼了个把月才好。疼的时候，如果正在拍戏，就强忍着，如果在休息，就悄悄自己捏捏揉揉。不愿意喊疼，不愿意让人觉得我矫情。

我自认为算不上多么勇敢的人，也没经历过什么苦难，可是，面对困难和挑战的时候，我仍然选择做一个勇敢的人，即使发慌，即使恐惧，即使疼痛，也要咬牙坚持往前奔。我不愿意停下来举手缴械，向苦困屈服、投降。

那么，你呢？是否愿意在生活中，无论遇见什么苦难，都咬紧牙关，一边含着泪，一边露着笑，努力向前奔跑？

如若人生不如意，横刀立马换活法

有一次，我去医院看望一个生病住院的朋友。刚走进医院大门，就看见急诊部的门口停着一辆救护车，几位护士和护工，七手八脚地从救护车上抬下一个人。从穿着判断，担架上的是位年轻女子，浅色的衣服上，一片刺目的鲜红。围观的人迅速聚拢，并打探出大致情况。原来，那位三十出头的女子，发现老公出了轨，万念俱灰之下，割腕自杀。

我没想到，竟然亲眼撞见电视剧里才有的桥段。我总认为，自杀的人是极少的，这个世间，有勇气自杀的人并不多，而那些真正连死都不怕的，敢向自己下手的人，也就不会自杀了。自杀行为，是极度懦弱和极度勇敢的结合，究竟又有多少人能够同时拥有这两个极端呢？

然而，从关于自杀的统计数据来看，自杀的人并不在少数，自杀的原因也并非都那么的凄惨悲凉，很多情况下，自杀只是由生活中的一件小事引发的。

患有抑郁症、精神疾病，或是正在经受常人无法忍受之病痛的人，在精神崩溃之下，理性丧失，冲动自杀，尚可理解。可那些清醒健康的人，突然举刀割腕，或吞下大把安眠药，或是从高楼之上一跃而下，那得需要多大的勇气啊？究竟是对人生有多么的失望，才下得了决心狠狠地抛弃自己，不留一点转圜的余地？

我不理解，并不是因为我生活平顺，不知人间疾苦。

我不是生活在真空里，自然也知道人生有百色，生活有百味，生活中那些不如意，也是各有姿态，深浅不一。有的人活在天堂，有的人生在深渊，命运不见得就是公平仁慈的。

但假如你觉得那些看起来活在天堂的人，就是真的半点烦恼也没有，一丝苦难也不曾经历，很显然，你对人生有极大的误解。

哪有什么完美无缺、毫无苦难的人生啊？佛说“众生皆苦”，是因为佛一早悟透了人生的本质——每个人，都逃不开生活的苦涩辛酸，生老病死，众生注定要在跌跌撞撞中摸爬滚打，挣扎而生。不然，弱亡强存的生存法则如何发挥作用？

人类要生存，发展，进化，就注定了人类不可能不经受磨难，一辈子躲在安乐窝里，顺风顺水，波澜不惊。既然要经受磨难，就一定会有人觉得不如意，对人生感到不满，失望，甚至绝望。

在命运的考验前，出现两条岔路口，有的人走向了自我抛弃，有的人走向了自我重塑。我为那些选择自我抛弃的人感到惋惜，更对那些选择自我重塑的人心生敬佩。

自我抛弃看似简单，两眼一闭，一了百了，彻底从伤害和痛苦中解脱。可是，这种方式终究还是太武断决绝。生命神圣而宝贵，人生只有一次，一旦丢弃了生命，就再也没有捡回的可能。没有机会后悔，更没有机会挽救。而人生，其实是没有绝路的。不论多么糟糕的境遇，只要肯迈步，就一定能踏出一条道路，哪怕是一条血路。自我抛弃，与其说是狠绝，不如说是懦弱。

自我重塑，意味着要把自己丢进生活的熔炉里，接受锤炼，接受锻造，无论遇见怎样的煎熬苦痛，都得咬牙坚持，生熬硬扛。没有地方躲避，没有道路后退，也没有人施以援手。命运不会仁慈，痛苦不会自行消退。一切，只能依靠自己坚强的意志，以不放弃，不萎靡，不崩溃的狠劲，来经历深切的痛苦和无望的煎熬，接受命运的锤炼。

从头开始，需要莫大的勇气，也需要非凡的魄力。但人生也正是因为这份勇气和魄力，而变得充满魅力。当一个人经受住了命运的考验，战胜了自己，走上新的高度时，那种油然而生的自我满足感和自豪感，是那些早早地放弃挣扎和抵抗的人永远无法体会的。

命运有时候又是公平的，他给你设置了一道深渊，也会在深渊的边缘种植一朵玫瑰。

我记得曾在一档综艺节目中看过这样一个女人：35岁，婚姻却很不幸，已经三结三离了。每一段婚姻中，她都生了一个孩子，离婚后，就把孩子带在身边。

一个单亲妈妈，带着三个孩子生活，不但经济上很辛苦，还要遭受旁人的闲言碎语，可想其处境之艰难。但是，她离婚时一点也不犹豫，因为不合适。一段不合适的婚姻，她丝毫不留恋。她带着三个孩子，一行四人，被世人视作弱势群体的妇孺，自信乐观，昂首阔步，竟走出了千军万马的气势。

这份气势让我震惊，也让我感叹。

对于婚姻，每个人都没法保证自己一定会踏进一段美好的婚姻中，也没办法让自己一开始就遇见那个正确的人，唯有试探着往前走。一旦发现自己走错了路，就需要很大的勇气，果断地走出来，更正方向，才能更靠近幸福。因为害怕改变而勉强自己委身一段错误的情感或者婚姻，才是最懦弱的表现。

当然，我不是鼓励大家一不高兴就去离婚。我只是希望更多的女人像节目中那个女子一样，有尝试的勇气，有改变的魄力，有继续前进的胆量，有不放弃自己的执着。当有一天，我们都变得如此的坚强，独立，果敢，谁还能伤害到我们呢！

生活啊，注定不是一帆风顺的，没有人能够永远生活在天堂，也没有人会一直身处深渊。如果对自己的人生感到不满意，与其抱怨命运，悲叹人生，不如鼓起勇气、拿出魄力去改变，以将军横刀立马的气势，换一种活法，给自己的人生创造另一种可能。迟早，你会征服一片属于自己的天下。

除了梦想，其他都是将就

总会有一些不了解我的人问这样的问题：潘阳，你爸不缺钱，你老公也可以养你，你干吗要那么辛苦出来工作啊？

说实话，我每次听到这样的问题都觉得很奇怪——我爸和我老公的钱，跟我工作到底有什么冲突？不矫情地说，他们的经济能力也确实可以让我生活得还算优裕。可是，那并不等于我就不需要工作，更不能成为我“坚持工作是一件很奇怪的事”的佐证。

我工作，是因为我想工作，是因为我觉得任何人都应该工作，是因为我必须通过工作实现我的人生价值，还有我的梦想。如果你还不能理解，我推荐你看看毛姆的小说《月亮与六便士》。

《月亮与六便士》的主人公斯特里克兰德原本是一个英国证券交易所的经纪人，收入稳定，事业小成，社会地位尚可，

在对待梦想这件事上，不能有任何将就，不能妥协，不能放弃

还有美满的家庭。无论放在哪个国家哪个年代，这都是“成功男人”的标配。斯特里克兰德却迷恋上绘画，一夜之间像“被魔鬼附了体”，一声不响地抛弃了一切，包括家人，到巴黎去追求他的理想——成为一名画家。

斯特里克兰德的妻子认定他是带着小三私奔了，他的朋友也完全无法理解他的行为。可是他完全不在乎，他的脑子里、心里，只有绘画这一件事。他说："我必须画画，就像溺水的人必须挣扎。"

后来，他终于实现了自己的梦想，为画而生，为画而死。

或许，我们每个人在心底都住着一个斯特里克兰德，都在拼命寻找一个愿意终生为之努力的东西。只是，有的人找到并坚持了下去，有的人却一直彷徨迷路，不得已中途放弃，还有的人，也许终其一生也没能找到。

这种东西，叫作梦想。

生而为人，一定要有梦想。有人说，人类之所以学会直立行走，是因为心向天空。天空，是人类共同的梦想。我们每个人，虽渺小，却也应该拥有自己的梦想。

有梦想的人，心才会大，容得下万物，装得进世界，吃得了一般人吃不了的苦头，忍得住普通人忍不了的寂寞。最重要的是，心大的人，从来不会小看自己，不会因为眼前的“六便士”而放弃“月亮”。可现实是，不知道从什么时候开始，当一个人说到梦想，就会有不少人觉得他在自我标榜，是在装，然后开始嘲笑他，打击他，直到他再也不敢提“梦想”两个字。我觉得，这是社会的一种病态。

作为一个人的最高人生目标，梦想本应被放在最神圣、最重要的位置，人们谈及梦想时，应该严肃而庄重，而不是嘲笑，奚落，贬低。这一点，电影《爱乐之城》给了我们一个很好的启发。

《爱乐之城》讲述了男女主人公经历相爱、分别以及重逢的故事。毫无名气的小演员米娅，本职工作是华纳兄弟的片场咖啡师，但她的梦想是成为一名出色的女演员兼剧作家。为了实现梦想，她四处试镜，哪怕接到一个毫不起眼的小角色的戏，她也会欣喜若狂，全力以赴。塞巴斯汀则是一名不为人知的爵士钢琴师，他所痴迷的音乐并不太受欢迎，极少有人愿意花钱去听他的音乐，但他仍努力坚持自己的风格。这样的两个人，因为音乐相识、相知，相互扶持，相互鼓励，在追求梦想的道路上成为同路人。

但是，现实总是以它残酷的一面给人们无情的打击，塞巴斯汀坚持自己的音乐风格却挣不到钱，米娅全身心演绎的话剧却受人嘲笑，他们的自尊心受到重重的创伤，意志消沉，心中迷茫。后来，两个人在无奈中向生活妥协，又在工作中渐行渐远，导致爱情无疾而终。

五年后，男女主人公重逢，米娅已经成为名演员，并结婚生子，塞巴斯汀也终于实现了他的梦想，拥有自己的音乐俱乐部。两个人相逢一笑，一切尽在不言中。

这部电影于2016年12月16日在美国上映，在2017年2月，就拿下第89届奥斯卡金像奖最佳导演、最佳女主角等7项大奖，不得不让人震惊。

如果电影仅仅是讲述爱情，世界上的爱情故事大同小异，塞巴斯汀与米娅的爱情，又能有多动人？人们热衷于谈论爱情，喜欢观看爱情故事，却并不会盲目地把爱情捧上神坛。帮助这部电影走上“神坛”的，不是爱情，而是梦想。

每一次，米娅遇到挫折、怀疑人生的时候，塞巴斯汀总会鼓励她：你可以的，等你拿到角色，你要付出一切，因为这是你的梦想。为什么要考虑别人的感受，你才是最棒的。当塞巴斯汀的梦想快坚持不下去的时候，有人鼓励他要抛弃成规，放眼未来，勇敢地做音乐世界的革命者。

打动人们的，正是这份对待梦想的尊重、理解，以及执着。

我大学毕业之后，有一段时间很着急找工作，因为我觉得我都二十几岁的人了，还让老潘养着，有点难为情，我应该自食其力。有一天吃晚饭的时候，老潘主动提起这事。他说：潘阳，我知道你心里咋想的，爸爸也很欣慰你能够那样想。不过我还是要告诉你，梦想第一，谋生第二，你得因为梦想而工作，而不是因为吃饭而工作。作为爸爸，不管你多大，我都会尽全力支持你的梦想。

当时我特别感动，现在想起他这番话，我还是很感动。我比大多数人幸运太多了。当别人在梦想和现实的夹缝间苦苦挣扎、饱受煎熬时，全天下最爱我的那个人告诉我，不用考虑现实的问题，你只管朝着你的梦想使劲冲。我还有什么理由不努力奔跑呢？

这个世界上的很多人，都不是那么幸运，能够在一开始就走上追逐梦想的道路，并一路坦途，直达终点。

很多人，在最初也是踌躇满志、神采飞扬的，可是，在一个接一个的挫折中，在别人七嘴八舌的质疑声中，有很多人选择了向现实妥协，甚至背弃梦想。曾经心怀梦想的少年，在不知不觉中变成了不敢谈及梦想的油腻大叔，甚至变成了自嘲梦想的“老油条”。

还有些人，咬紧牙关坚持了几十年，努力了一辈子，都没能触碰到梦想的衣角。

有些人甚至都不敢提“梦想”，他们潜意识里十分害怕万一梦想不能实现，自己就成了一个笑话。

世人的普遍观念是：有梦想是好的，但实现梦想的人毕竟是少数，人还是应该面对现实，务实一点。

但梦想毕竟是梦想，梦想实现的感觉那样美妙，甚至实现梦想的过程都那么令人快乐，又怎么能够轻言放弃？

我在一次旅游的时候认识了一个野生动物摄影师，他是英国人，常年在非洲追逐野生动物的身影，皮肤已经失去了原本的色调，手上有很多新的旧的伤痕，很显然，这都是野外生活留下的印迹。

我问他：“你为什么要当野生动物摄影师？野外生活既辛苦又危险，你不怕吗？”这个三十出头的高个子男人突然露出少年似的笑容，灿烂到晃眼。他说：“没有为什么啊，这是我从小的梦想，我可没想过放弃自己的梦想！”

哦，是啊，梦想这件事，哪需要“为什么”！一个心中装着梦想的人，又哪里还记得害怕？高山远水，天涯海角，只要追得到梦的地方，都肯去闯一闯。

有梦想的人，即使历经岁月沧桑，也不会给人油腻感。因为有梦想的人顾不上俗世里的鸡毛蒜皮，尔虞我诈，也不会沾染满身铜臭味。他们初心不改，出走入世半生，归来即使白头，目光却灼灼如少年。

难怪有人说，梦想是油腻唯一的解药。

世界变化太快，人心浮躁又无奈，人的一生中充满了太多的变数，在现实面前，越来越多的人放弃心中的梦想，丢掉自己的信仰和坚守，选择随波逐流。但我仍觉得，人不能放弃梦想。不管这个世界变成什么样，我们对心中的那些信仰，还是应该坚定不移。

正如斯特里克兰德所说的："我总觉得大多数人这样度过一生好像欠缺一点什么。我承认这种生活的社会价值，我也看到了它的井然有序的幸福，但是我的血液里却有一种强烈的愿望，渴望一种更狂放不羁的旅途。这种安详宁静的快乐好像有一种叫我惊惧不安的东西。我的心渴望一种更加惊险的生活。只要在我的生活中能有变迁——变迁和无法预见的刺激，我是准备踏上怪石嶙峋的山崖，奔赴暗礁遍布的海滩的。"

说得真好！是啊，在对待梦想这件事上，我们不能有任何将就，不能妥协，不能放弃。要有坚持到底的恒心，非此不可的执拗，死不放手的执着，也许，走着走着，你就发现自己已经梦想成真了。即使最终没办法梦想成真，那又怎样？在追梦的过程中，你已经活出了梦想成真的样子。

世界上任何事都可以有备选，唯有梦想不可能有，除却梦想，其他都是将就。

愿我们每个人都能怀揣梦想，成为追梦旅途上那个始终眼神清澈、目光坚定的少年。

爱才是击败孤独的最佳手段

《海上钢琴师》是我最喜欢的电影之一。

主人公1900是一个弃婴，他在1900年的第一天，莫名其妙地出现在“弗吉尼亚人号”船上，被善良的煤炭工收养，得名1900。1900天赋异禀，对听过的钢琴演奏音乐过耳不忘，居然无师自通地学会了演奏钢琴曲，从此沉迷于音乐的世界。他一生都在船上，不曾踏足陆地，即使遇到了心爱的女子，也没有勇气下船去追寻。最后，旧轮被淘汰，所有人都上了岸，他却选择与船一起爆炸沉海，在钢琴声中结束了自己的生命。对其他人而言，轮船上的生活只是一段旅程，他们最终会到达目的地，登上陆地。而对于1900而言，轮船是他的全部，陆地是他不敢企及的岸。他说：“陆地对我来说是一艘太大的船，一个太漂亮的女人，一段太长的旅行，一瓶太刺鼻的香水，一种我不会创作的音乐。我永远无法放弃这艘船，不过幸好，我可以

一个人足够爱自己，他就会鼓起勇气上岸，
做出新的尝试，踏上新的征程

放弃我的生命。”

其实，每个人心中都有这样一片陆地，它遥远，神秘，让人感到荒诞、孤独、恐惧，甚至绝望。那是我们内心深处对未知命运的畏惧。只不过，有些人选择了固守现有的生命领地，有些人却鼓起勇气迎难上岸，踏上新的征程。

有一段时间，半夜醒来，总想到1900，那个孤独的海上钢琴师。觉得自己在某种程度上很像他，单纯、脆弱、怯懦、逃避，渴求新的生活，却又害怕改变，害怕登上那块没有边的大陆，害怕面对的是更加空茫的人海。于是，胆怯地缩回到了自己待了一生的船上，情愿同它一起沉没，也不敢踏足陆地一步。

我一直以为我是敢想敢做勇于闯天下的坚强女子，我以为我能够所向无敌，即使败，也会重新爬起，事实上我也一直这样努力着，但心里的难过还是需要自己一点点去面对、吞食、消化，以及淡忘。伴随其间的那些孤独、伤痛、无助、迷茫，也只能自己独自面对和处理。这时候，总是一遍又一遍地领悟：生命是孤独的，十分的孤独，永恒的孤独。

这种孤独无迹可寻，也找不到合理的解释，它只是在某个时间、某种场合、某种心境之下突然造访了，一下击中你心灵的某个地方，只需一秒钟，就能让你泪流满面。

但它又是有缘由的。它袭击你的时候，你所有受过的伤，遇见的痛，难过的事，恨过的人，都会涌上心头，他们让你倍加孤独，倍加痛苦。

但你无能为力，甚至无法言说。真正的苦楚，是说不出来的，这是时间和经历给自己刻上的痕迹。

一个人，永远无法完全理解另一个人，因为他不是他，他无法真正地站到他的立场上看待事物，衡量感情。正因为这样，我们才会常常感到格外的孤独。

这是我们命里的陆地，人人皆有。

但我终究不是1900，我的性格里有水瓶座天生的理智，我懂得自我救赎。我知道击败孤独的最佳手段是——爱。爱他人，爱世界，爱物质，爱风景，爱艺术……但最应该爱的，是自己。

爱是一个人一生的修行。一个人会不会爱，不在于他一生爱过多少人，而在于他有没有好好爱过一个人，有没有让被爱的人感到由衷的幸福，让彼此感到生命的美好，一起憧憬未来的生活，甚至是面对疾病、贫穷、灾难或者死亡，都不再那么恐惧。一个人足够爱自己，他就会鼓起勇气上岸，做出新的尝试，踏上新的征程。他会破釜沉舟，死而后生。

可惜，1900，这个感受到了爱却不会爱的孩子，他不知道自己失去家园后可以重建，也不知道他其实不必找到陆地的岸，只要找到他爱的人，那里便是他的岸。

如果说陆地是命运悲剧，是对未来的无知和畏惧。那么造成1900最终悲剧的是他抗拒未知事物，不敢上岸，不敢尝试，最终选择死守的消极意识。

每个人的心中都有一片陆地，但我们未必都是1900。这是最大的幸运。

愿你付出无所顾忌，所得归于欢喜

拍戏过程中有一些时间间隙，不能离开，只能待在片场等着自己的戏。这一些说长不长说短不短的时间，我通常会跟片场的其他人一起聊聊天，逗逗乐。但有时候，我也会想自己一个人静静地待着，画幅画，录首歌。然后，把自己画的画拿给其他人看，把自己唱的歌放给其他人听。当然不是求表扬，我只是觉得，画和歌都是能带给人快乐的东西，我自己从中获得了那份快乐，便想将快乐分享给别人。如果，对方恰好真的从中获得了快乐，哪怕显露出一个发自内心的笑容，我的画和歌就是有价值的。

有一天，我突然拿了一张画送给拍戏的搭档，那是我在拍戏的间隙偷偷看着他画的。其实，就是一张很普通的素描，在内行人看来，可能笔法拙稚，构图粗糙，漏洞满纸。但是，我记得他当时的表情：愣了一两秒之后，突然眼神一亮，满脸惊喜。他欢欢喜喜地接受了礼物，一米八的大个子男生，乐得不知所措。

我知道那不是装出来的，虽然他是演员。装只能装出高兴，却装不出喜悦。因为高兴可以是一个夸张的笑，而喜悦，一定是从目光中流淌出来的。付出的意义正在于，你能给别人带来喜悦，自己也从中获得喜悦。俗话说："赠人玫瑰，手有余香。"

然而，很多人却都在抱怨别人对自己不够好。这样的抱怨大致分成两种：一种觉得自己付出的超级多，完全应该得诺贝尔和平奖；另一种觉得自己没有得到相应的回报，所有的付出都打了水漂喂了狗。前者，我们简称为"付出感爆棚"，后者我们简称为"世界欠我一个亿"。

付出感爆棚的人，客观来说，的确是为他人付出了不少。在家庭中，他们是付出比较多的那一个；在职场上，他们是吃苦耐劳那一类。但同时，他们也习惯性地放大自己的付出，不自觉地陷入"付出——自我感动——自我怜悯"的模式。

按照这个模式，他们开始是心甘情愿地付出，并且，这种付出是牺牲式的、无度式的付出，是通过牺牲自己的某部分正当权利来达成的。

采用这种付出模式的人，通常都觉得自己特别伟大，特别善良慈悲，特别感天动地。他们沉迷于这样的游戏：付出，自我感动，再从自我感动中获得继续付出的动力。但人终究是有局限性和私心的，很难达到“我不下地狱，谁下地狱”的理想高度。付出总是需要代价的，而代价意味着自己的失去。失去太多，又没有对等的补偿，最后，他们会走火入魔，觉得自己为别人牺牲得特别多，特别不值，特别委屈，并把生活中的一切不顺、自我价值的不能实现，都归结于为别人做出牺牲的结果。他们不懂，付出和得到，只能相对平衡，过于计较就变成了买卖。于是，他们顺理成章地进入“世界欠我一个亿”的模式。

“世界欠我一个亿”是一种相当不平衡的心理模式，一方面，人们采用不理智的牺牲式付出，另一方面，又太在乎得失的精确平衡，既埋怨得到太少，在得到时又诚惶诚恐，患得患失。结果就是，在付出与得到之间，忙于计较，既累脑又累心。付出时的喜悦，哪里还记得?

人一旦进入“世界欠我一个亿”模式，就难以再持续地付出。他们认同了自己的匮乏，把自己的付出看成是不可再生资源，总是在担心自己有一天会没有东西可以付出。一旦有了这样的想法，一个人的内心就真的会从丰盈走向匮乏。

而那些付出感不强的人，付出的出发点就不是“我是牺牲者”，而是将自己当作一个“受益者”，自然而然从付出中感受到快乐，并将这快乐当作自己的巨大收获。他们不但不认为自己牺牲了什么，反而觉得自己受益匪浅。这种感受鼓励着他们继续付出。并且，他们不需要一些物质、他人来满足自己，也不需要从别人那里寻求安全感和幸福感，他们自己的内心就足以做到这一切。

然后，他们全心全意付出，坦坦荡荡接受，享受付出，也享受得到。

我努力成为这样的人，我愿你也成为这样的人，付出无所顾忌，所得归于欢喜。

最高级别的比拼，是把嫉妒变成超越

杨绛先生说：我和谁都不争，和谁争我都不屑。简朴的生活、高贵的灵魂是人生的至高境界。

她活得太超脱，简直是一个神话。相比起来，古希腊神话里的众神，竟更接近凡人的面目。

希腊神话里有这样一个故事：英雄帕琉斯举行一场盛大的婚礼，邀请了一大帮男神女神。天后赫拉、智慧女神雅典娜和爱与美的女神维纳斯，当然是重要嘉宾。可是，他偏偏遗漏了不和女神厄里斯。厄里斯不动声色送来一个金苹果，上面写着“送给最美的”。很显然，她是故意的。她既然挂着“不和”的名头，自然不屑于跟谁搞好关系，干脆用这一招给天下添点乱，顺带报个仇，反正闲着也是闲着。

厄里斯真是堪称希腊神话里的心理学家，深谙众神心理，所以才能用区区一个金苹果搅得天上人间一片大乱。为了争得

“最美”的头衔，女神们也顾不上形象了，卷起袖子就大吵起来。维纳斯、赫拉和雅典娜，谁都不是省油的灯呐，都不甘心“最美”的头衔被别人抢了去，吵得面红耳赤。毕竟，金苹果事小，面子事大。众神之王宙斯尽管老奸巨猾，看见这副场景，也难免一个头变成两个大，于是把这团乱麻扔给特洛伊王子帕里斯，让他来做选美大赛的评委。

希腊神话中很流行贿赂，为了得到“最美”的名头，女神们纷纷贿赂帕里斯：赫拉许诺让他统治人间最富有的国家，雅典娜答应赐给他无与伦比的智慧，维纳斯也是心理学家，她使出了杀手锏——答应把世界上最漂亮的女子给帕里斯做妻子，果然轻松拿下了帕里斯手中的金苹果。

结果，帕里斯得到了天下最美丽的女子海伦，恼羞成怒的赫拉和雅典娜把怒火喷向了整个特洛伊，引发了那场血流成河的特洛伊战争。

说起来，那场战争的起因其实很简单——女神们的嫉妒。

嫉妒是人类的劣根性，却又是人类的通病，不食人间烟火的众神尚且动不动就妒火冲天，更别说凡人了。在现实生活中，人们因为嫉妒而引发的有形或是无形的硝烟，更是数不胜数。

比如，塑料姐妹花可能因为其中一人嫁了富豪，突然挥金如土，另一人却只能节俭度日，一分钱掰成两半花，贫穷的那个，可能嫉妒心起，看着春风得意的闺蜜，心里百般不是滋味，于是愤懑不平，友谊的小船说翻就翻。

比如，穿同一条裤子的铁哥们儿，原本半斤八两不相上下，但随着时光的流逝，或努力不同，或运势有异，两个人的生活已经大相径庭，那么，处于劣势的那个，心里恐怕也不好受，两个人渐行渐远便成了结局。

……

人们希望身边的人成功吗？事业有成，收入不菲，娇妻在侧，儿女聪明，或者获得更高层次的成功，更有钱，更有名，家庭更和乐美满，远远超出周围一圈劳碌狼狈的房奴、车奴、孩奴。对，就是这种鹤立鸡群的姿势。如果你的身边有这样一个人，朋友或是亲戚，但不是至交或至亲，你无法从他的成功中沾到任何光，你还会衷心为他感到高兴吗？

你不会。你的内心会不由自主地伸出羡慕、妒忌、不平、愤怒、不屑等各种黑暗的小爪子，百爪挠心，万分难受。

对于那些不相干的成功者，大多数人则能发自内心地肃然起敬。为什么明明是一些“关我屁事”的人和事，我们却去崇敬，而那些我们身边的成功者，我们却往往感到不服，不爽？

答案就在于，我们潜意识里会认为，离我们越近的人，跟我们越是同类，我们与他家世相同，起点一样，现在和未来自然也应该是同步的。现在，他们居然跑到我的前头去了，还潇洒地甩了我几条街甚至几百条街，凭什么？！

他比我聪明吗？不，我绝不承认！他比我努力吗？可是我也很努力！他比我运气好吗？这个，对，他就是比我运气好罢了！我们认为他的成功，完全是偶然。可正是这偶然激怒了我们。

因为，我们妒忌，我们愤恨，我们不平！为什么这种偶然不发生在我们身上，却偏偏发生在他身上！

就好像，我和邻居家的姑娘明明长得一样丑，一样矮，一样肥，并称为方圆几里的东施。可是有一天，邻居姑娘突然走了狗屎运，变美了，变高了，变瘦了。虽然她变了以后也只不过是个乡野村姑路人甲，可我心里还是无法平衡。她应该跟我一块丑下去啊！现在，剩下我一个丑女，成为众人嘲笑的唯一目标，大家都觉得我更丑了好不好！对，你身边人的优秀，会无形中衬托出你的不优秀。

本来大家一起丑，还可以不称为丑，而是普通。突然一个美女冒出来，美丑立即对比出来，哇，其他人简直令人无法直视！

把嫉妒用对了，
你就比别人高级

本来大家一起碌碌无为，那我们可以互相安慰说我们都是凡夫俗子，突然一天有个人变成了佼佼者，其他人的平庸无能立即凸显出来。

本来张三、李四、王五都穷得揭不开锅，突然张三做生意成了当地土豪，李四和王五心里能平衡吗？张三那小子当初跟他们一样衣不遮体，现在锦衣玉食了，简直是个暴发户、奸商、为富不仁的败类！这就是人心。人心善妒，情愿仰望陌生的有钱人，也不服身边的成功者。

虽然不是每个人都嫉妒心那么强，但扪心自问，谁在内心深处不曾嫉妒过别人呢？区别只在于，嫉妒之感深不深，敢不敢承认罢了。

既然嫉妒普世存在，想要灭绝嫉妒，恐怕就像灭绝人性，既难，又残酷。我觉得，与其咬牙切齿去灭绝那不可能灭绝的嫉妒，不如好好引导它，让它变害为利，为我所用。

面对自己的嫉妒之心，我们首先要做的，不是消灭它，而是接受它。

你有才华还长得比我好看，她出身比我好又嫁得比我好，他高富帅智通通占全，老板又夸办公室新来的同事了，隔壁家的孩子每次考试分数都比我家孩子分数高……

没错，我嫉妒，觉得上天不公平，把所有的好处都给了别人，唯独对我既小气又刻薄。但并不代表，我就一定要把怒火烧向对方，我也可以在咬牙切齿地骂完老天不公之后，在嫉妒完别人的狗屎运之后，冷静下来，理性地想一想，别人为什么比我嫁得好，混得好，真的是运气好，还是有一些我没有看到的真相？比如说，人家学习比我努力，工作比我拼命，护肤比我认真，健身比我勤快，说话比我好听，处事比我仔细，等等。人家背后下的这些功夫，也许是我没有看见的，更是我没有做到的。

在认识到了这些之后，再把那份嫉妒化为前进的动力，不要满世界嚷嚷自己的不满，抱怨上天的不公，而是低下头默默努力，赶上嫉妒的目标，再继续努力，把对方远远甩在身后，让对方变成那个忍不住嫉妒你的人，让对方比无可比。

把嫉妒变成超越，这就是最高级别的比拼。

当努力变成一种习惯，优秀才会成为一种常态

一天早上，我起得特别早，兴致突发，想找人一起出去晨跑。一看时间，才六点半，想来想去，朋友圈里都是夜猫子型的，这个点，怕是刚进入梦乡没多久呢！想来想去，想到了一位朋友，她的孩子上初一了，她得送孩子上学，应该会起得早一点。

我电话打过去，朋友说，她正在给孩子做早饭，送完孩子后可以直接来我家。

见面后，我随口问道："你每天都起那么早吗？"

朋友说，她六点不到就起了，因为她要求孩子每天六点钟起床读书。见我一脸不解，她主动跟我解释。

她说，她老家亲戚的孩子，也在上初一，学校要求每天六点半就到校。开始，很多家长不理解，纷纷反对。后来发现，经过一段时间的早起锻炼，孩子居然不知不觉养成了一些好习

惯，比如，穿衣洗漱等动作变快了，写作业的效率提高了，学习变勤奋了，有时候在家还主动帮助家里做家务。家长们这才理解学校的苦心——让孩子早起，是为了让他们养成努力的习惯，避免他们沉溺在懒散拖拉的状态中。

于是，朋友依样画葫芦，规定自己的孩子也六点起床，并在六点半准时开始晨读。

“效果怎样？”我问。

朋友一拍大腿，高兴地说：“效果太好了！刚开始，我儿子叫苦连天，我狠下心来坚持原则，他也没办法。两个多月下来，他居然能够自觉地学习了，也没听他叫苦了，成绩也有了明显的提高。哎呀，我要是前几年就知道这招，我儿子的成绩肯定比现在好多了！”

我半信半疑，心想，多花一点时间，也并不一定能提高成绩吧？学习，不都得讲方法吗？况且，十几岁的孩子，天天起那么早，未免也太辛苦了。

我把我的疑问讲给朋友听，她笑着摇头，说：“嗨，他们老师说了，在连基本的认真努力都没有做到的情况下，谈方法等于空中建房子。况且，孩子正处于需要努力奋斗的年龄，吃点苦怕什么？这个时候不吃苦，将来可能要苦一辈子。”她还说，她打听了一轮下来发现，儿子班上那些成绩好的孩子，平时都是很用功努力的，根本就不存在随便玩玩学学就能名列前茅的孩子。

我想了想朋友的话，竟觉得心服口服。

古希腊哲学家亚里士多德说过一句话："我们每一个人都是由自己一再重复的行为所铸造的。因而优秀不是一种行为，而是种习惯。"

努力，是一个挺抽象的词。世界上的大部分人，都觉得自己挺努力的：努力学习，努力生活，努力工作。但在我看来，大部分人都不能叫努力，或者说，大部分人都不知道如何努力。当然，这大部分人，也包括我自己。

真正的努力，是持续努力，并咬牙坚持。努力变成一种习惯之后，才会开花结果，转化成"优秀"。

其实，不管是学习，还是工作，或是其他什么事，只要认真去做，一定是苦的，努力一定会累，这对谁都是一样。世界上不存在不知疲倦的人，那些看起来不知疲倦的人，不过是在咬牙坚持罢了。

很多时候，当你觉得坚持不下去的时候，再咬咬牙，就坚持下去了。不逼一逼自己，你永远不知道自己多优秀。这就是所谓的：不疯魔，不成活。

幸运的人不是天生幸运，而是用努力换来的幸运。而且，越努力越幸运。

当努力成为一种习惯，收获会成为一种习惯，成功也会成为一种习惯。

有一次，我和石磊与郎朗一家一起吃饭。我们都知道，音乐家郎朗，是著名的钢琴大师，是一位不折不扣的天才。但是饭间闲聊，郎朗的爸爸却说，郎朗以前练琴的时候，环境并不是很好，大夏天光着膀子在地下室练琴，汗水哗啦啦流下来，连地板都是湿的。可他不叫苦不叫累，就那样一个小时一个小时、一天一天坚持下去，才有了后来的成绩。

是啊，谁生出来就能站到音乐界的巅峰呢？那些艰苦努力并咬牙坚持的过程，不过是没有被外人看到罢了。所以，有天分的人还得加上勤奋，才可称天才。

有人说：哎呀，我就是没有努力的习惯啊！

不存在的，这只是借口。

美国畅销书作家杰克·霍吉在《习惯的力量》中提出，所有的成功都能归结于一种习惯。勤奋是一种习惯，坚持是一种习惯，成功是一种习惯，优秀也是一种习惯。

没有任何一个人生下来就会摩拳擦掌地努力奋斗，不过是有意识地主动努力，然后坚持，日积月累养成了习惯罢了。

当努力成为一种习惯，你在任何时候做任何事，都会习惯性地努力，对自己高标准，严要求，比别人多花一些时间和精力，多流一些汗水。你像一个仇人一样对自己“心狠手辣”，毫不手软，那么，结果出来的时候，你会发现，你成了自己的恩人，给自己带来意想不到的惊喜。

敷衍了事的人会等来平庸，勤奋努力的人会迎来优秀，这才是公平的正确解释。

鲁迅说：“哪里有天才，我是把别人喝咖啡的工夫都用在了工作上。”而很多人，还在和拖延症做斗争，还在为自己的不努力找借口。那么，不难想象，如果一直这样混下去，他将与优秀背道而驰，最后成为陌路，互不相识，永无交集。

想想，都觉得很可怕。

不说了，健身去！

人生没有白走的路，每一步都算数

很多年前，有一次跟老潘聊天，我问他："爸，你走过弯路吗？"

他想了想，说："我在事业上不算一帆风顺的，但走弯路，也谈不上，因为我觉得一个人走过的所有路都是有价值的，有价值的路，就不算弯路。"

我琢磨着老潘的话，突然想到一个朋友阿杉。

阿杉是一枚正宗的文艺女青年，她不是装装腔调标榜自己，对文学，她绝对是真爱。

阿杉从小就痴迷于文字中，看书和写东西是她唯一的兴趣爱好。别人在玩泥巴的时候，她在看书或写文章；别人看动画片的时候，她在看书或写文章；别人在睡觉的时候，她还在看书或写文章。

后来高考填志愿，当别人纠结于填金融专业还是经济管理专业，衡量哪个赚钱多的时候，当别人在土木工程和电子科技专业之间犹豫不决的时候，当别人在外语专业和法学专业之间举棋不定的时候，阿杉想也没想，按照自己的分数，选择了能填的最好的学校的中文系。她妈在一旁小心翼翼地提醒她：“将来这个专业恐怕不好找工作吧？”阿杉眼睛眨也不眨，目光坚定地说：“除了中文系我哪也不去！”她妈只好由着她一头扎进了中文系。

阿杉到了大学后，就进入了疯狂地阅读和写作的状态。除了上课、吃饭和睡觉，她所有的时间都花在了读书和写作上。她不交男朋友，也不参加任何社团，连文学社也不加入。大学毕业的时候，她已经积累了五本手稿。

后来，果然如她妈所说的，她找工作很困难。那困难有一半是因为她的专业和应届生的身份，另一半是因为她自己。她拒绝任何与写作无关的工作，但是她所在的城市，根本没有一家像样的出版单位。

阿杉本来想当一名北漂，去追求自己的梦想，可是那两年一向支持她梦想的爸爸生了病，她不敢远离，最后，选择了暂时与现实妥协，在老家找了份工作，运作一家企业的内刊杂志。

从设想到创刊，再到成品，阿杉一个人搞定，只花了不到两个月的时间。杂志在公司内部发行的时候，所有同事都说：

"哇，完全可以媲美《瑞丽》！"阿杉笑笑。谁也不知道她为这份杂志付出了多少。她自己也不记得，她写了多少稿子，又毙掉多少稿子。她不记得，去仓库跑了多少趟，亲自了解了多少产品。她不记得，翻了多少杂志，拍了多少张图。她只知道，第一本内刊印刷出来的时候，她已经对公司的产品了如指掌，拿起单反就能随手拍出不错的图片。一个多月的时间里，她每天只睡五个小时。

虽然谁也没有要求她必须做成怎样，虽然她做到最好也不会多拿一分钱，但那是她喜欢的事情，她愿意为之拼尽全力。

内刊出来两个月，一位高级客户来公司谈合作，在老板的办公桌上看到了这本杂志，要了一本带走。几天后，阿杉就收到了橄榄枝——客户挖她去一家公司，专做出版。阿杉想也没想就答应了。

新公司离家里几百多公里，阿杉依然很拼命地工作，并且坚持每个星期都乘火车回家看爸爸一次。在火车上，她有时候静静地构思文章，有时候听人讲故事。长途奔波虽然辛苦，但一年下来，阿杉在路途中遇见了好多好多人，收集了好多好多故事，她的生活圈子虽然不大，人生阅历也不丰富，但那些一路短暂同行的人，却增长了她的见识，丰富了她的生活。

后来，爸爸的病治好了，阿杉终于还是带着简单的行李和

对我来说，每一段路都是通往现在的我的必经之路

一肚子的故事，来了北京。在北京的前三年，她一边在出版社工作，一边学习写剧本，她看过的剧本创作书籍堆起来比她还高，她写过的电子稿件加起来有几百万字。她把自己在车上听来的故事，一个个变成了剧本里的桥段。

在出版社，她认识了不少厉害的作家，每次都缠着他们虚心请教。前辈们见她那么努力，也都乐意指点她。最后，在一位作家兼编剧的推荐下，她卖出了第一本剧本。然后，她又一步步成为专业编剧。

我和阿杉是通过朋友认识的，在听说了她的经历后，我问了她一个类似的问题："你觉得自己以前的经历是走了弯路吗？"

她歪着脑袋想了一会儿，坚定地瑶瑶头，说："不啊，对我来说，每一段路都是通往现在的我的必经之路，那些曾经流过的汗，没有一滴是白流的，那些努力过的时光，没有一秒是无用的，它们通通都变成了台阶，让我一步步走到了今天。我今天走的路，一定也会成为台阶，让我站到比现在更高的地方，看到更广阔的风景。"

看着自信满满的阿杉，我脑子里快速地回想了一遍自己的经历。呵呵，可不是嘛，我小时候放寒暑假，会主动要求学东西，不想虚度光阴，因为一两个月的时间无所事事地玩过去，我心里会慌，学点东西我会感觉安心。

当年可能只是一时兴起学了舞蹈，最终也没成为舞蹈家，却无意中练好了形体；小时候狂热地买磁带，听歌，学歌，唱歌，当时并没有明确自己的目标是要成为一名歌手，却不经意地锻炼了嗓子；演员，是更没想过的，只是从小受家庭教育的耳濡目染，然后机缘巧合之下接了一部电视剧。那些经历过的事，却成为我进入演员这个行业的敲门砖……

假如，你现在所走的路，并不是你想走的路，假如，生活暂时不能如你所愿，请不要悲观，不要失望，更不要放弃。生命是一个漫长的过程，每一分每一秒都很珍贵，你要学会边走边看。太执着于一个结果而忽略了沿途的风景，是舍本逐末的愚蠢之举；太匆匆地赶往某个目的地，也许会换来失望和后悔。相信我，相信生活，你所付出的一切都会在将来的某一天得到补偿，如果暂时还没有得到你想要的生活，那一定不是生活辜负了你，而是你付出得还不够，或是生活回馈你的时机未到。你要做的，不是惊慌失措，不是呼天抢地，而是静静地，淡然地，一边继续努力，一边静心等待，总有那么一天，你会站在自己想到达的地方，真诚地感谢生活的赐予。

曾经天大的事，后来发现都是小事

我最近在想，一个人的成长，究竟要穿越多少荆棘，经历多少疼痛，才能做到自信从容，刀枪不入？

每个人回想起自己走过的路，外人看着可能是平平坦坦的，自己心里却明白，那是怎样的一路跌撞，一路伤痕。

有的人曾经为试卷上的分数难过，有的人曾经因自己不够漂亮的脸蛋、不够苗条的身材自卑，有的人曾被暗恋男生的忽略而黯然哭泣，有的人因为朋友的疏远伤心……

但正因为这些因不完美而触发的难过和伤感，因为这些对完美的渴望，因为那份想要变得更好的初心，人们才一路追寻，一路蜕变，最终变成了不完美但更美好的自己。人生，就是一路追寻一路蜕变的过程啊！

或许，每双清澈淡定的眼睛，都经历了无数泪水的洗涤，才沉淀出那份从容。

或许，每个平静温和的微笑，都击败了无数忧伤的折磨，才绽放出那份自信。

或许，每句睿智精妙的语言，都克服了无数情绪的纠结，才磨砺出那份豁达。

这是别人给不了你的，只有自己去探索、琢磨、收获。

曾经，有些朋友经常向我哭诉、抱怨，从对方的语气里，我都能感觉到天昏地暗的悲观，世界即将塌陷的绝望。开始我会拼命安慰，渐渐地，我选择了静静地聆听，无声地陪伴。因为有些安慰，注定是苍白无力的啊！

我并不是真的不在意，我只是懂了，一切狂风骤雨终究会回归风平浪静，没什么是过不去的。因为我经历过，知道当时的疼痛和事后的释然，也知道别人再多的安慰、劝导，抵不过自己心里的顿悟。

所以，我不会试图用自己的力量将对方保护得密不透风，也不会试图强行将对方拉出深陷的泥塘。因为我知道，假如这次疼得不够，下次还要疼；假如这次伤得不够，下次还要伤；假如这次认识得不够，下次还要跳进一样的泥塘。索性，让她一次看清，明白，醒悟。等她真正经历了，明白了，也就云开雾散了。等她真正明白自己想要什么，认真去追求了，才能完成蜕变。等她蜕变了，才会明白，那些疼痛都是生命的注解。

原谅我，给你的安慰不够多，因为我不愿用悲悯的语言让你继续沉溺在自怜自哀当中；原谅我，给你的指导不够多，因为我无法将我得到的经验复制到你的人生里；原谅我，总用残酷的语言让你看到现实，因为我认定只有打破幻想，才能认清真实的自我和世界。

成长路上的疼痛，注定要亲自去经历，内心才能渐渐变得强大，在以后的路上，才可以少受一些伤。你要做的，是自己学会疗伤，学会防御，学会释然，学会在注定孤独的路上单枪匹马地勇敢前行。原谅我，如此的爱你，却如此的冷漠。

对于已经过去的事情和时光，不要再去追索和遗憾，发生了就是发生了，我们回不去，即使回去，也改变不了什么。所以，向前看，向前走，不要因为过去的事连累了将来的路。前方有无限的美好，如果你不往前走，永远都看不到。那么，浪费的将是更多的时光，甚至整个人生。相信我，没有什么事值得一个人死不放手！

把你将要度过的每一分每一秒，尽量纳入计划中，否则，在你发呆的时候，走神的时候，碌碌无为的时候，它们就会悄悄地溜走，再也追不回来。它们溜走一点，你可以控制的时光就会少一点，你剩余的生命也会缩短一点。

如此下去，你会恐慌，你会焦躁，你会浪费更多的时间后悔。一旦进入这样的恶性循环，你的人生将不可阻挡地滑向庸碌的结局。

你要自信，要肯定自己，但也要清醒地看到，你是不完美的。在任何时候，任何境地，你都有前进的余地，有完善自己的必要。所以，你要在不同的阶段给自己预定新的计划，新的目标，尽可能地站得高一点，看得远一点，只有这样，你才能超越自己，到达你曾经不敢奢望的高度。

然后，你会因此学会不流连在失去意义的事情上，往前走，让自己持续进步，不断完善，让过去成为过去，让未来迎接未来。

渐渐地，你会发现，那些曾经觉得怎么也放不下的事，竟在一路奔跑一路追寻的过程中，不自觉地释然了。当你卸下心里的重负，感受那份轻松时，才懂得，在那个过程中经历的疼痛，那些蜕变中煎熬过的黑暗、挣扎，终究还是值得的。

输得起，才赢得了

有一次，我接到一部战争戏，饰演一位女连长，性格刚毅果断的铿锵玫瑰形象。她生活在战争年代，一身戎装，亲历沙场，与五尺男儿一起冲锋陷阵，铁骨铮铮。

拿到剧本，和妹妹一起看了一遍。角色定位跟我本人，无论在外形上还是性格上，差距都挺大的，况且年代背景也不同，又不可能穿越到过去去体验生活。这个角色对我来说，的确是个不小的挑战。

妹妹说："姐，差太远了吧，能接不？"

我想了想，肯定地说："接！"

妹妹更紧张了，拉住我说："要不，咱再考虑考虑吧？万一拍不好呢？"

我仍然像刘胡兰一样，坚定地说："接！人家敢找我拍，我还不敢接吗！还没试过，怎么就知道不行了？再说，就算是没拍好，顶多是被吐槽，但我还能从中获得经验教训呢！”

妹妹既担忧又不无佩服地看着我，最后妥协了：“好吧，我陪你一起赌！”

我笑了。对，很多事，其实就是在赌。

说起来，人生不就是个最大的赌局吗？谁能看到未来，提前知晓结局？谁又知道自己做的决定会带来什么样的结果？不过都是在赌博罢了。既是赌博，就应该具备赌徒的精神：敢下注，输得起。

敢下注，就是敢于尝试，敢于挑战，并为之倾尽全力，然后等待那个未知的结局。

“明知山有虎，偏向虎山行”，这是一种勇气，也是一种魄力。

在人生这个大赌局中，没有永远的赢家，也不存在永远的输家。若想赢，就得先下注去赌，如果连赌注都不敢下，又哪来赢的机会？

连下注都不敢的人，不仅是对自己没有信心，在内心深处，恐怕也缺乏那份愿意为“赢得赌局”而倾尽全力的决心吧！毕竟，不尝试，不把自己逼到破釜沉舟的境地，而是选择攥紧手中有限的资本，得过且过混日子，要轻松得多。

敢于尝试，敢于挑战，并为之倾尽全力，然后等待那个未知的结局

那些总是畏首畏尾的保守的人，最终会因为不敢尝试而错失良机，也就错过了赢的机会，错过了人生很多的精彩。

而输得起的人敢于承受失败的后果。

从内心出发，没有人愿意自己输。面对输的结局，没有人能够做到一点儿也不沮丧，欢天喜地当什么事也没有发生。但是，不喜欢输和怕输是两回事。前者不喜欢输，但是不逃避可能会输的结局，这是输得起的一类人；后者对输充满恐惧，为了不面对输的结局，他们会不惜放弃赢的机会，这是输不起的一类人。

其实，输本身并不可怕，可怕的是连面对输的勇气都没有。

没有输过的人，不代表就是成功，说不定哪一天，一个小小的挫败就能让他满盘皆输。为什么？因为他没有经历输的打击，没有磨炼过心境，心灵过于脆弱，稍微一点风吹浪打就足以让他一蹶不振，一败涂地。

而那些经历过失败的人，既锻炼了心态，又积累了经验教训，他的一次次输，总有一天会积累成赢的资本，瞬间翻盘。

那些输得起的人，他们的勇敢之处就在于，面对失败时多一份坦然和洒脱。输得起，还肯认输。

有的人明明输了，却碍于面子，死不承认是自己的问题，把输的原因归咎于别人、运气，以及各种客观原因。他们认为自己没有成功，不是能力问题，不是不够努力，而是别人不重用他、阻碍他，他时运不济，他生不逢时。

这样的输，永远不会转化成赢。

认输，也是需要勇气的，更需要谦虚的态度。一个人如果能坦然地低头认输，并不意味着软弱无能。他一定是经过了深刻的自省、理智的分析，拥有了对下一次成功的渴望和信心。这样的人，既很有勇气，又具备非凡的气度和智慧，还不缺脚踏实地的务实精神，将来想不赢都难。

人生如赌局，输得起，才赢得了。事实上，输得起，比赢得了更重要。想要拥有别样精彩的人生，就要经得起大风大浪，我们也只有在惊涛骇浪中，才能体会到生命的激情。

哪怕跌跌撞撞，也要努力奔跑

小石头学走路的时候，我很紧张，整天都跟着他，尽量不离开他超过三步之遥。说实话，我是真的怕他跌倒，尤其是听说小区里有个孩子摔了一跤导致脑震荡之后，我看着小石头摇摇晃晃的身影，脑子里不受控地上演一幕幕恐怖的场景。他满屋子转悠着捣乱，我就满屋子跟着他，伸着手守护他，嘴里不断地碎碎念，提醒他“小心”“不能碰那个”“别动这东西”。那段时间，真累。因为整天弯腰转来转去，身体累；因为担心焦虑，心也累。

有一天，外出拍戏一段时间的老潘回来了，看见我总是紧张兮兮地盯着小石头，跟在后面寸步不离，他终于受不了了，说：“你别老跟着他，老不让他弄这、不让他弄那啊，你这样老妈子似的念叨，他怎么学会走路？”

“可是，他会摔跤呀！”我气喘吁吁又气急败坏地说。

“嗨，没事儿！小孩子摔摔跤有啥？你小时候也经常摔，我看脑子也没摔坏啊！”

我无语，明明觉得这话哪里有点不对劲儿，竟一时无法反驳。我干脆心一横，试试听老潘的，放手让小石头自己在屋子里颤颤巍巍地颠来走去。

他果然摔了好几跤，也果然很快学会了走路，掌握了平衡，不再动不动就摔跤了。

哦，原来孩子学走路竟这样简单，只要放手让他自己去跌跌撞撞地走，在摸爬滚打中，自然而然就学会了，完全不用大人弯着腰、驾着胳膊、一步一步去教！那，我花掉的那些力气，岂不是白费了？

后来我想想，也不白费。至少，我明白了一个特别简单又一直被我忽略的道理：人生跟孩子走路一样，哪怕跌跌撞撞，也要努力奔向前方。

孩子走路要经历无数次摔倒，不让孩子跌倒，等于剥夺了他走路的权利。成人不也这样？不允许自己失败，不就等于剥夺了自己成功的权利？

有时候，我们开始做一件事，或刚进入某个领域的时候，由于经验有限，就像还不会走路的小孩子一样，每一步都举步维艰，摇摇晃晃。但假如你因此举步不前，待在原地一动不动，很显然，表面上看你暂时安全了，不会摔跤，不会遭遇失败了，但是，从另一种意义上说，你不也把自己困死在原地了吗？如果人生从此停滞不前，那活八十岁和活三十岁又有什么本质区别？

你难道不想尝一尝快速奔跑的喜悦，不想看看自己能跑多远，不好奇远方还有什么？

你难道甘心让自己一直以狼狈的姿态，尴尬地在原地摸爬滚打？

你难道愿意一直接受外界的质疑？

毕竟，生活给你设置障碍，铺垫坎坷的路，不是为了让你一直跌跌撞撞，而是为了让你在跌跌撞撞中，学会如何保持平衡，走得更稳更快，也走得更远。

最后，用我曾经做过的一个梦来结束这个话题：有一天，我梦见自己在田间行走，刚下过雨的田间小道，不但狭窄，而且泥泞湿滑，每走一步，脚下就打滑一次，屡屡要跌倒。我的脚步颤颤巍巍，心中也战战兢兢，很想停下来。突然，我遇到了一个白发长须的老人，他坐在一张小板凳上，悠闲地拔着田埂上的杂草。见我过来，老人用慈祥的眼神望着我，以笃定的语气对我说：孩子，路滑，走稳了就不怕！

梦中这位老人，鼓励了我好多年，他说的那句话，至今还在我耳边回响，就好像我昨天才亲耳听到一般。我感谢那位老人，因为他极大地鼓励了我。我更感谢我自己，因为我创造出那样一位老者来鼓励自己。

从此以后，我变得勇敢无畏，在再大的困难面前，我都敢走出第一步，再一步步走下去。因为我始终记得，人世路滑，走稳了就不怕。

所以，不要总是怀疑自己不行，不要总是害怕摔跤失败，从而不敢向前迈步。其实，不论看起来多难的事，你去试一试，也许就成功了。就算不成功，也一定会在磕磕碰碰中有所收获。人做很多事，目标都不要放在结果上，而要放在收获上，收获多了，最终会积累出一个超出你预期的成功。

要知道，只有前半程的跌跌撞撞，才会有后半程的极致绽放啊！

心有多远，路就有多长

有一段时间，“远方”成为很多人向往的地方。

远方到底有什么迷人之处呢？除了遥远的路途，迷人的风景，陌生的人群，也许，还有来自人类心灵深处的召唤。它代表着更广的见识，更高的境界，更多的机会，以及未来生活中更多的可能性。

远方，或许意味着对现实的不满。

一个人，如果没有见识过高山巍峨，也没有体会过江河浩瀚，不曾感受都市繁华，无缘经历惊险奇遇，他内心深处，多多少少总是会为自己的孤陋寡闻和生活的平淡感到遗憾的。人的心理就是这样矛盾，越是不知道外面的世界有怎样的精彩，越是对外面的世界有一种原始的渴望，就越是向往外面世界的精彩纷呈。远方，满足了人们对未知世界的所有幻想。

这世上有那么一部分人，不管是刚起步，还是已经小有成就，甚至已经功成名就，他们对自己总是不满意，对现实总是不满足，他们渴望改变，追求更好的境界，希望自己成为更厉害的人。远方，就是他们心里那座想要征服的高山。

远方，意味着可以接触到思想更深邃的人。

在现实生活中，物以类聚，人以群分。一个只会打麻将的人，只能跟一个只会洗衣做饭的人做朋友；一个不愿意动脑筋的人，只能与四体不勤的人为伍；一个不知道该走哪条路的人，旁边一定陪伴着一个不知道自己是谁的人。这样的人，陷在日复一日的鸡零狗碎中，麻木、愚昧，充满怨言又得过且过，生活如同一潭死水，不鲜活，无波澜，同时也没有太多趣味和希望。

但是一个人如果能够跳出现实边框限制，换一种环境，就可以接触到各行各业的优秀者，通过这些人的眼睛，他能够看到各个领域的精彩，再也不会甘心做一个庸碌无为的人。

从此，他没有时间抱怨，没有时间痛苦，没有时间浪费在毫无意义的事情上，因为他所有的时间都用来让自己变得更优秀，去遇见更多的人，去更远的远方。

远方的世界每天都会翻出精彩的一页，走向远方的人，不知不觉，就跳进了世界的精彩篇章之中，成为精彩的一笔。

远方，意味着可以看到更广阔的世界，有机会过上更精彩纷呈的生活。

生活绝不应该仅仅局限于柴米油盐中的苦苦挣扎，而应该是个人价值的实现和提升。人本身没有高低贵贱之分，但生活有。精神层面的生活，个人价值的实现，是高级别的生活，而只为果腹穿衣的生活，是辛苦而卑微的，即便富足，也是单薄而虚浮的。

这个道理，即使最平庸的人，内心也是懂的。而那些不愿被动地接受命运的人，不肯过早地低下头颅的人，不甘于充当命运奴隶的人，拒绝让环境成为自己的天花板的人，抗拒被身边的人限制了视野的人，他们对这个道理有着更深刻的理解。远方对他们来说，意味着敢于做梦，勤于追梦，心更大、更高，也更远，生活得更好。

世界的迷人之处就在于它的多姿多彩，人生的精彩之处就在于它的丰富绚烂。远行，是一个充满无限激动和遐想的过程；远方，承载着无数的追求和期望。有了向往远方的冲动，我们才能走向远方，走到更远的地方。

远方，没有边境，没有终点，心之所向的地方，不论多远，只要坚持，总能到达。而心有多远，脚下的路就会有多长。

若你甘愿沉溺泥塘，上帝也无能为力

我有一个故事，我想了很久，还是觉得要讲给你听。

曾经，我有一个闺蜜，真正的闺蜜。我们穿过同一件衣服，吃过同一碗泡面，睡过同一张床，跟对方的家人很熟，分享彼此所有的秘密，约定过要做一辈子闺蜜。

闺蜜小的时候，她父母就离异了，她很介意这件事，觉得自己从此爹不疼娘不爱，人生一片黑暗。

我很心疼她，每次她难过，跟我诉苦，我都很认真地倾听，安慰她，即使花上大半天的工夫，即使每次她都抱怨同样的事，我安慰的话也大同小异，我也觉得没什么。总之，只要她想倾诉，需要朋友陪伴，我一定是第一个赶到她身边、一直陪伴着她、安慰她、开导她的那个人。

她有时候会不经意地流露出羡慕的神色，说“你的命真好”之类的话。我便有意不在她面前过多地提家里的事，怕她忍不住拿我的家庭和她的家庭进行比较，心里难过。

这样的模式持续了很多年。后来，她交了男朋友，抱怨的内容翻了新，我安慰的话语，也添了新的内容。再后来，她结婚了，我真高兴呀，觉得这个命运多舛的好友，终于过上了幸福快乐的日子。我觉得自己那么多年的努力没有白费，我一直紧紧拉着她的手，不让她沉溺于负面情绪，终于把她从昏天暗地的沼泽地拉上了一条阳光大道。她结婚那天，我竟然是用姨妈的眼神，看着她一步步走向新郎，嘴咧到了耳根。

很快我就笑不出来了，婚后不到半年，一天深夜，她给我打电话，哭得歇斯底里。那样的哭声我太熟悉了，不由得眉心直跳，心想一定是发生大事了。当我火速赶到她爸给她买的新房子里时，只有她一个人在家，她披头散发，憔悴得令人不忍直视。更不忍直视的是她家，锅碗瓢盆扔得到处都是，一地狼藉。

她一边哭一边断断续续地跟我讲了很多，我以我有限的概括能力，将她的话大致分成三点：一、老公对她不好；二、父母对她不好；三、她的人生没有一件顺心的事，以后也不会有，她是注定得不到幸福的。

我耐着性子又给她分析了一遍问题：一、你爸妈对你也不算不好，你爸从来没有断过抚养费，你结婚时还给你买了套房子，你妈对你的衣食照顾得很细致，也经常叮嘱我多开导你，可见都是很关心你、爱你的。二、父母离婚，是父母的婚姻出了问题，并不代表你的人生是失败的，你完全没有必要否定自己。三、跟老公出现了什么问题，两个人先冷静下来好好沟通，过度激烈的争吵解决不了问题，只会伤感情。

她哪里听得进去，一口咬定自己一生霉运，再无翻盘的可能。我劝得口干舌燥，五脏俱焦，只好陪着她，任由她哭个够。

没几天，她和老公和好如初，一起笑眯眯地来约我吃饭。我暗舒一口气。只是，从此以后，有两三年的时间，我与她的交集变成了这样的模式：平时她不联系我，跟老公吵架了找我哭诉抱怨，和好了再消失。

再后来，她突然来跟我借钱，说是老公做生意亏了。我没多想，借给她一笔钱。没过多久，她又来找我，还是借钱。我有些不放心她，悄悄找她妈问了问，这才知道，她老公是因为赌博输了钱。他们俩，居然一直没有工作，吃喝拉撒都跟父母伸手，隔三岔五找她爸要钱。她爸不给，她就使出撒手锏，说从小她爸就没管过她。她爸一次次妥协，自己的生活也被她搅得一团乱。

我很难过。我没想到，她最后变成了这个样子。我委婉地拒绝了她，并劝她去找一份工作。她居然不屑地说，普通的工作不适合她，又累，工资又低，她要做就做大生意，要赚就赚大钱。我气急了，也顾不得委婉了，直接说她这叫眼高手低，

那些永远迷惑的人，都是不肯
自己去寻路的人

好高骛远，不务实。她可能没想过我会这样直接，也很生气，跟我大吵了一架，摔门而去。自此，我有两年没见过她，也没她的消息。

两年后，她突然来我家。当时我已经生了小石头，我们一起带小石头去外面吃饭。一路上，她不停地给我洗脑，劝我加入她的灵修班。根据她的描述，她在那个灵修班里，不仅找到了一帮灵魂的伴侣，也找到了几个生活的伴侣。为了灵修，她一直没工作，已经把她爸给她买的房子卖掉，并且挥霍光了。为了继续灵修，她又向我借钱。

我的天！我惊得下巴都要掉了，开车的腿都有点发软。她一定是走火入魔了！我把车往路边一停，赶紧劝阻她。我直指她的问题所在，她偏激地反驳，认定我不理解她，不想让她过上幸福的生活，而且我俗不可耐，满脑子里只有钱，丝毫不顾多年的姐妹情。最后，我们越吵越凶，把小石头给吓哭了。我也吓到了，赶紧停下来。她见我不肯借钱，打开车门气呼呼地扬长而去。至今，我没有再见过她，也没有再联系过她。

这件事，让我难过了好一阵子，毕竟是那么多年的闺蜜，曾经走得那么近，心贴得那么紧，在彼此的生命中共同喜怒哀乐了那么多的时光，结局变成这样，怎么可能平静接受？

我想，她心里应该也是难过的，假如她还没有彻底疯狂。

以前，每次我们吵架，一定是我先找她，我知道她自尊心强，敏感又倔强，我不想失去她，只好先低头。我觉得无所谓，友情里面没有输赢。

以前，每次她难过，我都会安慰她，她有需要，不论是力所能及的金钱，还是温暖的小窝，我都会借给她，不在乎她还不还。

可是，这一次，我不想再去找回她了。我累了，也许，跟她纠纠缠缠的这些年，我早就累了。

从我们认识那一天开始，这么多年，她向我倒过太多的苦水，太多的情绪垃圾，我对这份友谊，对这个人，很认真，所以，这些情绪垃圾不知不觉灌入了我的心里，让我在不知不觉中走入了心灵的迷途。说实话，每次劝着劝着她，连我自己都会开始怀疑人生，觉得世界一片阴暗。这样的情绪，能够影响我好长一段时间。她每次情绪崩溃，我也会跟着伤筋动骨。

通过这次争吵，我终于想明白，或许应该说，是我终于愿意承认，那个天天与你一起互吐苦水，看似心灵伴侣的人，其实并不能真正拯救你，恰恰相反，她很有可能推进了你走进泥塘的脚步，虽然她是无意的。人就是这样，常常困在自己的怨念里而不自知，反而责怪生活施加给自己太多的困苦。生活是你自己在经营，却被当成了一个恶魔，何其无辜？

对一个愿意走出泥塘的人来说，即使没有别人的劝慰开导，他自己也会想方设法往上爬，跑到阳光下去。而那些不愿意自己反省和思考，也不愿意主动获取智慧的人，无非就是偷懒，想找到一条捷径。但心灵的道路哪有捷径可走？别人的智慧终究是别人的，能够给你一时的劝慰，却无法植根于你的心中；别人的领悟始终是别人的，只能激起你短暂的共鸣，却无法让你大彻大悟。心灵上的修行，是一个尤其艰苦而需要坚持的过程，在这条路上妄图走捷径的人，不是不够虔诚，就是还没有真正意识到这份修行的重要性，没有真正想要改变自己的心灵。

我认为，一个人过了二十五岁，就不应该总是向别人寻求答案了。这是一个界线，意味着一个人已经离开了校园，跨入社会，初尝了生活的酸甜苦辣，但又还没有老练到可以解决所有问题。人生在这个阶段，困惑仍然是很多的，但即使有再多的困惑，也应该学着不依赖别人，自己给自己拿主意了。在你心中，可能像彼得·潘一样，一直纵容自己当一个长不大的孩子，但在别人心里，你不可能永远是孩子，自然也不会有人永远把你当孩子来对待。无度的依赖，不过是自欺欺人罢了。

况且，人的困惑看起来千千万万，其实不过这几个：我不知道应该如何规划自己的人生，你能不能给我一些指点？如何才能确定自己的理想？我有理想，却不知道该从哪里开始去实现，你能不能将成功的经验分享给我？我的生活不幸福，我找不到幸福，怎么办？我总是忧郁、苦闷，要如何去排解？等等。

这些问题看起来不大，却很难回答。因为没有人能够为他人规划人生，没有人能为他人定制成功的道路，也没有人能当他人的救世主。但换个角度来看，这些问题又再简单不过，假如愿意，每个人都能够自己找到答案。

可惜的是，大部分的人其实不是为了寻找答案，而是寻求他人的安慰。即使你给了他答案，他还是会反复地来问你，以便获得你一遍又一遍的安慰。这就是依赖。

人生真正的“不惑”，不是年龄的成熟，也不是翻来覆去、满世界嚷嚷寻找一个个问题的答案，而是脚踏实地、不声不响地做点实事，为自己积累更多物质和精神上的财富。当你在物质上和精神上都变得相对丰足，真正的“不惑”自然会来到，哪里还需要向别人索求答案呢？

那些永远迷惑的人，都是不肯自己去寻路的人。

当然，我说这些，并不是说要拒绝所有朋友的倾诉。事实上，我依然心疼朋友遇到的困境、遭遇的伤害，也乐于伸出自己的手给予对方一些力所能及的温暖和帮助。我自己也经常跟朋友互相吐槽，但最后总会哈哈一笑了事。偶尔的牢骚和没完没了的抱怨有着本质的区别。我很清楚，一个人在迷茫和难过的时候能够获得别人的理解与安慰，有多重要！恰恰因为这样，我才认为一个人应该珍惜别人的劝慰和鼓励，而不是反反复复令那劝慰之人疲惫不堪、无话可说。真正的朋友是什么？真正的朋友，不是永不退缩地陪在你旁边听你喋喋不休，抱怨不止，而是懂得用正能量支持你、鼓励你，让你清醒，学会独立。不是陪你哭到昏天暗地，一塌糊涂，而是在你哭泣的时候笑着给你擦干眼泪，强行拉你走出阴影。真正的朋友在你需要时让你依靠，但绝不希望你成为一个只会依赖他人的人。

所以，真正令我抗拒的，是在同一个问题上反复纠结，没完没了，这有百害而无一利。假如我改变不了对方这种状态，心中的自我保护模式便会启动，命令我逃离。我的理智告诉我，一个不愿意走出泥塘的人，即使上帝亲自伸手来拉，也无济于事。我不是救世主，没有能力救赎一个自愿深陷泥塘、一味自怨自艾的人，唯一能做的就是放手，带着自己前往光明处。

只有经历过艰苦修心路程的人，才会特别珍惜自己内心的纯净，不愿意随便放东西进去，比如，他人的怨念，自己的怨念。我愿意让心空着，为那些值得放进心灵的东西留好位置。毕竟，谁愿反反复复受那心灵轮回之苦？

最后，原谅我弃你在泥塘，我实在，太向往天空的明净。

成为自己的太阳，无须凭借谁的光

一部电视剧播出后，毫无疑问，最受关注的就是主角。配角么，很遗憾，很多都是被自动忽略的角色。龙套、客串演员，就更别提了，一般都是以最快的速度被遗忘的。

所以，有些人会说：不想当主角的演员不是好演员。听上去，是有那么点道理。毕竟，谁不想红得发紫、光芒万丈啊！

可是，主角永远只有一两个，不一定就轮得到你。当主角，需要很多条件，比如，演技、颜值、气场、资源、剧本对主角的定位、影响力什么的，你未必就能同时占尽“天时地利人和”，顺利地闪耀登场，成为万众瞩目的那一个。很多颜值、演技都在线的人，可能一辈子也当不了主角，这就是现实。

怎么办？非主角不演？那就等着被淘汰吧，这个世界，最不缺的就是人，最容易被废弃的也是人。去争夺光芒？开玩笑，主角又不是吃素的，风头岂由得你说抢就抢？再说，在剧本的

做不了月亮，

也要做最耀眼的星星

框定下，每个人的戏份都是相对固定的啊！

演戏是这样，生活中其实也是这样。

上学的时候，学霸永远只有寥寥几个；职场上，精英永远是极少数人；赛场上，获奖的只能是突出的那几人。

那么，其余的人，就毫无存在的意义了吗？

当然不是。

正如一部戏不可能只凭一两个主角就能撑起所有的剧情，世界的发展，也并不只是少数人贡献的力量。在大千世界中，草木尚有自己不可取代的价值，何况是人？

况且，每个人都是独立的个体，个人价值也是独立的，上天给了每个人发光的机会，这机会并不因别人的存在或强大而改变、减少。就像，天上有月亮，并不代表星星就毫无价值，月光有月光的美，星光也有星光的烂漫，不存在谁比谁差，只是各有特色，各放光彩。

所以，做人要学星星，即使在月亮之侧，也要发出自己的星光。

尤其是女人，不能因为嫁给了优秀耀眼的男人，就成为他的附属品，放弃自己独立的价值。不然的话，终有一天，可能连附属价值都没有了。

我朋友的朋友 Kairy，超级学霸，毕业于名校，曾经是学校的颜值担当，社团的风云人物，学弟学妹们的偶像。据说，当年追她的人加起来可以开一个班。Kairy 绝对是集智慧与美貌于一身的女神级人物。她往人群中一站，总是给人鹤立鸡群的感觉。一句话，她就是天生的主角。

Kairy 毕业后，顺利进入一家世界五百强大公司，然后，很快被公司的一个单身老总看中，对她发起了攻势。那位老总是典型的青年才俊，海归博士，霸道总裁，才三十出头就年薪几百万，而且五官端正，几乎是全公司单身女性的暗恋对象。

Kairy 哪有不动心的道理？很快，她就跟老总订了婚，然后在老总的劝说下，辞职结婚，当起了全职太太。她觉得，自己努力读书那么多年，不就是为了将来嫁个好老公，轻轻松松地过日子吗？现在这些都有了，何必要在职场上与那些男人周旋厮杀呢？况且，有这么优秀的老公，她完全已经是人生赢家。

Kairy 迅速地生了孩子，接着，她跟很多家庭主妇一样，生活里就只有老公和孩子。当然，她的日子过得很富足，也很悠闲，悠闲到让她从感到有点无聊到百无聊赖。与此同时，她跟老公的共同话题越来越少，她发现她已经跟不上他的节奏了。或许，她从来就没有跟上过。

这个世界，每个人都有自己行走的节奏，只有那些节奏相近的人，才能成为同路人。

Kairy 的老公经常出差，在家的时间越来越少，他们之间的交集变得少得可怜，几乎变成了两条平行线，只有孩子，是他们唯一的共同话题。再后来，老公的公司来了一个年轻漂亮工作能力又强的女孩子，Kairy 在毫无防备的情况下，被出轨，被离婚，被宣告出局。

人生的路，从来不是一成不变的，选择往往会决定你的结果。

Kairy 有一位同事，叫小圆，她的人就跟她的名字那样平凡。她是放进人群里就认不出来的那种人。能进 Kairy 的公司，她觉得自己简直就是运气爆棚了。她很珍惜这份工作，知道自己资质平平，只能靠勤奋来补。

开始，她想的是，千万不能让能力不足成为自己的短板，于是她工作特别卖力，利用一切机会向前辈请教，每天晚上都在家恶补行业知识，悄悄给自己充电。

后来，她变得越来越优秀，把跟她一起进公司的同事甩在身后，她不断向比她更优秀的人看齐，渴望变得跟他们一样。

赶上更优秀的人之后，还有更更优秀的人，她想，我只要继续努力，一定还可以变成和更更优秀的人一样的人。于是，她比以前更拼命。

就这样一路拼命地追赶，有一天，她发现自己居然成了公司里最年轻的中层领导，而且，她还是“出身”最不好的那个。其他的人，哪个不是从小学霸，名校毕业啊！可是，如今跟他们站在一起，她并不觉得自己比任何一个人差。她觉得，别人有别人的价值，她有她的价值，别人头顶的光环，并不妨碍她散发自己的光芒。

你看，Kairy 和小圆，原本一个自带光芒，一个毫不起眼，却因为选择了不同的人生模式，而走向了不同的结局，最后，一个光芒熄灭，一个熠熠生辉。

跟大家说她们的故事，其实只是想告诉大家，每个人，不管是优秀还是平凡，都应该努力去追求自己的价值。就算成不了最优秀的那个人，至少应该成为最优秀的自己；就算成不了主角，至少要做一个优秀的配角；即使在月亮之侧，也要发出自己的星光。

为自己而活

有人说，总是说“好”的人，只是懦弱的老好人，敢说“不”的人，才是真的勇士。

有一次，我去看一位朋友莎莉，她住的酒店正好是她一位老同学家开的。莎莉的老同学那天正好去了酒店，在大堂撞见我跟莎莉。出于礼貌，莎莉郑重地给我们俩做了介绍。

她的老同学特别热情，非要请我俩吃饭。我与莎莉好久不见，除了叙旧，还有些别的事要谈，的确不太方便吃这么一顿饭。况且，让人家破费，我也于心不安。

我还在担心莎莉会出于情面应承下来的时候，她已经出口拒绝了。直接，干脆，虽然脸上还是笑眯眯的，语气却是不容商量。莎莉的老同学只好尴尬地放弃了。

莎莉的老同学走后，我忍不住问她：“你跟他关系不好啊？”

莎莉说：“没有啊，挺好的。”

“那你拒绝得这样直接，不怕他生气？”

莎莉大大咧咧地说：“不会，又不是多大的事，值得生气吗？如果他真因为这事生气了，这个老同学不要也罢。我总不能因为抹不开面子，就被人家牵着鼻子走。”

我琢磨着莎莉的话，虽然耿直，甚至略显生硬，但也真是在理啊。这就是我喜欢她的原因，够自我，做事不拖泥带水，说话不弯弯绕绕。最重要的是，她人格独立，张扬的个性里透露出来的是满满的自信。

其实，不管是面对不合理的要求，还是面对违背自己意愿的事，从容大方地说“不”，明确地拒绝，都是需要自信和勇气的。只有人格独立的人，才敢坦然地对别人说“不”。

除此之外，这个人要拥有与世俗中一切不合理的条条框框对抗的勇气，并且守得住寂寞，扛得住来自他人的是非论断。

这样的人格有什么好处呢？那就是让你可以放心大胆、理直气壮地拒绝你不想做的事，不与你不喜欢的人交往，如果你对人情世故感到厌烦，可以完全不去参与，就算被别人评价为一个不懂世故的人，你也可以毫不在乎。因为你时刻清楚，你为自己而活，而不是为别人。这是人格的自由。

当然，这并不意味着要离群索居，而是你的一切交际都不必围绕维护所谓的“面子”“人情”而进行。

比如：

当你与朋友共进晚餐，一定是你们聊天聊到饿了，或者喜欢边聊边享受美食。

当你邀朋友喝咖啡，不是为了上传一张图片展示你的小资情调，而仅仅是因为：你喜欢咖啡，希望与朋友分享这份美好，喜欢在袅袅的咖啡香中与朋友随意地低语或者侃侃而谈。

当你送人礼物时，是按照自己的心意或朋友的喜好亲自挑选一件礼物，你在乎的是对方收到礼物时的那份发自内心的欢喜，即使没有谢意，即使没有回赠，你也不会去在乎。毕竟，你赠予对方礼物，就是希望对方快乐。能让别人快乐，这是你想要的结果。而如果对方用金钱去评判你礼物的贵重，那么对不起，你无法为了取悦对方而改变自己的交际原则。这是为人处世的自由。

我们生活在人群里，很难不跟人打交道。俗话说，有人的地方就有江湖。有人际交往的地方，就一定会有各种各样的要求。我们不见得能接受所有人的所有要求，事实上，无论是谁提出什么样的要求，我们都有拒绝的权利。不同的是，有的人能够像莎莉一样，坦然明确地拒绝自己不愿意接受的事，有的人则不是被迫说“好”，就是在说了“不”之后，内心被愧疚、担忧所控制，心绪不宁，比被迫说“好”还难受。

简单的一字之差，微妙的差异，却体现出人格独立和不独立之间的天壤之别。总说“好”的人，未必是值得夸赞的，因为，敢说“不”的人，才是真正的人格独立啊！

我拼尽全力，是为了不被这世界改变

这最后一篇，我想从一些问题开始。我想问你：

你是否记得，你有多久没有漫无目的地散步了，有多久没有不带抱怨地聊聊家常或谈谈人生了，有多久不读诗、不写字、不旅行、不听歌了？

你是否买了一架子书却没有耐心读完其中任何一本，是否报好了某个新课程却在无限拖延着开课时间？

你的人生中，是否有好多好多事，突然悬浮在某个点纹丝不动了？

你是否还记得自己当初的梦想，想要成为什么样的人，从事什么样的工作，过上什么样的生活？

也许你会说，我太忙了，一整天、一整月、一整年都在奔波忙碌，没有喘息的机会，哪里还顾得上这些！

终于有一天，

我们会变成自己想要的样子

或许你会觉得，你没有学会任何一门新技能，也没有看过任何一片新风景，甚至没有尝过一种新食物，没有交到一个新朋友，是因为你在做着更重要的事。可是，更重要的什么事，你却答不上来。

你明明知道这不是一件好事，也知道要去改变，只是，你一直都没有行动。你的行动力也被悬浮了。

即便如此，你还是觉得累，从心底冒出来的疲惫侵占你每一根血管、每一寸肌肤、每一个细胞，任何一点浅层的思考都让你感到殚精竭虑。因着这种对自己失控的感觉，你不快乐，也很恐慌。你很担心这辈子就这样下去，回不到更好的过去，也到不了更好的将来。你很担心迷路。因为你知道，脚迷路了，可以很快找到一条新的路，一直往前走，总能到达目的地。但如果是心迷路了，就会彻底失去方向，心路注定是没有现成的，它无路可循。

怎么办呢？你的骄傲不允许你缴械投降，你的自我不支持你低头认输，对天空的向往促使你出发去寻找自己的灵魂，与自己的肉体进行一场战争。哪怕不带行李，哪怕没有武器，哪怕缺少战友。因为你深知：一个人的战争，注定单枪匹马。

但寻找并不意味着步履匆匆。你已经知道，脚步快了，会使人摇摆凌乱，心走快了，会令人焦虑慌张。当一件事变得让你慌张失措，当一种生活让你开始迷茫彷徨，你唯一能做的，就是让自己慢下来。慢下来，才有时间去思考；慢下来，才有心情去欣赏；慢下来，才能理清往事，看清前程；慢下来，才能从容优雅，微笑看世界。

然后，你开始努力。

你开始珍惜时间，把每一分每一秒当作生命倒计时，铆足了劲儿紧紧地抓住，变成了最丧心病狂的拼命三郎，无限制地压榨自己，以赢得一场场与时间的赛跑。你开始懂得时间的珍贵，变成了最精明的生意人，绝不为不值得的人和事浪费时间，你说这是对时间最基本的尊重，也是对自己生命的尊重。我们的生命只有一次，而且有限，一定要把时间用在有意义的事情上。哪怕是交朋友，也要考虑时间上的性价比，这也是另一种形式上的珍惜时间。

你这个时间上的周扒皮，不知不觉间，就挤出了好多时间，相当于延长了自己的生命。这些时间用来干什么呢？继续努力啊！于是，不知不觉，你就活出了别人两辈子叠加起来才有的精彩。

然后，你开始按照自己的心意而活。

你不再去向谁证明自己是勇敢还是怯弱，是聪明还是愚蠢，是宽容还是狭隘，是错还是对。不需要了。当你明白你只是你自己，就不会再愿意围着别人转，人生不管平凡还是灿烂，你只想为自己而活，听从内心的召唤，顺从心灵的意志，尽力让自己活得舒适一点。因为，你终于发现，生命是多么短暂，短得让你竟毫无把握未来还能有多长。你突然不愿意再辜负自己，委屈自己。因为，你欠自己太多，多到让你害怕无法偿还。

你觉得你有义务，带自己去找到更好的自己，去遇见心想事成的自己。至于别人的想法，那不是别人的事情吗？

有时候，我们拼尽全力，不是为了改变世界，而是为了不让世界改变我们。有时候，我们执拗地不让世界改变我们，是因为我们要亲自把自己变成我们想要的样子。假如坚持这个信念，那么终有一天，我们会变成自己想要的样子。